21世纪华语诗丛·第三辑

韩庆成／主编

U0459651

在或近或远处行走

袁同飞　著

知识产权出版社

全国百佳图书出版单位

——北京——

图书在版编目（CIP）数据

在或近或远处行走/袁同飞著. —北京：知识产权出版社，2020.9
（21世纪华语诗丛/韩庆成主编. 第三辑）
ISBN 978 - 7 - 5130 - 7090 - 4

Ⅰ.①在… Ⅱ.①袁… Ⅲ.①诗集—中国—当代 Ⅳ.①I227

中国版本图书馆 CIP 数据核字（2020）第 141393 号

责任编辑：兰　涛　　　　　　　　责任校对：谷　洋
封面设计：博华创意·张冀　　　　责任印制：刘译文

在或近或远处行走

袁同飞　著

出版发行：	知识产权出版社 有限责任公司	网　　址：	http://www.ipph.cn
社　　址：	北京市海淀区气象路 50 号院	邮　　编：	100081
责编电话：	010 - 82000860 转 8325	责编邮箱：	zhzhuang22@163.com
发行电话：	010 - 82000860 转 8101/8102	发行传真：	010 - 82000893/82005070/82000270
印　　刷：	三河市国英印务有限公司	经　　销：	各大网上书店、新华书店及相关专业书店
开　　本：	880mm×1230mm　1/32	印　　张：	9.125
版　　次：	2020 年 9 月第 1 版	印　　次：	2020 年 9 月第 1 次印刷
字　　数：	98 千字	全套定价：	218.00 元（共十册）
ISBN 978 - 7 - 5130 - 7090 - 4			

新世纪诗歌的一份果实

赵金钟

　　基于今天的语境，我们似乎可以下如此断语：网络引领了21世纪的诗歌。毫不夸张地说，当下最强劲的诗歌"潮流"是网络诗歌。它凭着新媒体的优势，以一种新的审美追求，猛烈袭击着纸媒诗歌，对传统诗学提出了挑战。所以，我们讨论新世纪诗歌，无论如何也绕不开网络诗歌。网络诗歌给新诗创作带来了新的元素。与此同时，由于其临屏书写的自由，又给网络诗歌自身，进而给整个诗歌创作带来了新的问题。这也是我们讨论新世纪诗歌必须参照的"坐标"。

一

　　进入21世纪以来，利用互联网进行创作或发表诗歌作品的现象十分活跃。学术界或网络界一般称这类诗歌为"网络诗歌"，也有人称之为"新媒体诗歌"（吴思敬）。它的出现给诗歌的创作与传播带来了深刻的影响，"在改变了诗歌传播方式的同时，也改变着诗人书写与思维的方式，并直接与间接地改变着当代诗歌的形态。"[1]它给诗坛带来的冲击力不啻为一次强力地震，令人目眩，甚至不知所措。赞成也好，不赞成也好，网络诗歌就不由分说地站在了我们面前，并改变着传统媒体诗歌业已形成的写作传统，直至形成了新的审美体系。韩庆成在《中国网络诗歌20年大系》的序言中认为，网络诗歌在诗歌载体、诗歌话语权、诗歌界限和标准、诗人主体、先锋诗人群体五个方面，对传统诗歌进行了"颠覆"。[2]

网络诗歌首先带来了诗歌写作的极端自由性。这是传统诗歌无法企及的。网络是一个极其自由的场域。它的匿名性和虚拟性创造了一个"去中心"或"多中心"的民主意识形态空间，以让写作者自由地临屏徜徉。网络作为巨大而自由的言说空间，为诗人存放或呈现真实的心灵提供了广阔无边的平台。这一写作环境给予写作者空前的"自主权"，使得写作真正实现了"自由化"。自由是网络诗歌的灵魂，也是新诗写作的灵魂。然而，由于各种诗人难以自控的外力的影响，纸媒时代，诗歌的这一"灵魂式"的特性却常常难以完全呈现。这种状况在自媒体出现的时代得到了极大的改观，网络诗歌引领诗歌写作朝着深度自由发展。

当然，过度的"自由"也带来了一些麻烦：有的诗人任马游缰、信手写来，使得他们的诗作常常在艺术上与责任上双重失范。这不是自由的错。但它提醒诗人：艺术的真正自由不是"无边界"，而是在有限中创造无限，在束缚中争得自由。自由应是创作环境与创作心态，而不是创作本身。无节制的"自由"还带来了另一种现象："戏拟、恶作剧心理大量存在，诗的反文化、世俗化、极端个人主义倾向非常明显。"[3] 这在一定程度上损害了诗的健康发展，需要我们高度警惕。

我欣喜地看到，"21 世纪华语诗丛"这套专为网络会员和作者服务的"连续出版的大型诗歌丛书"，正是在这样的背景下应运而生。丛书第三辑的十位诗人，在网络诗歌时代恪守着诗歌的艺术"边界"，他们各具特色的诗歌作品，从某种意义上，代表了当今网络时代诗歌的"正向"水准和实力。

二

生活化，是新世纪诗歌写作的另一重要审美追求。这里的生活化，既是指诗歌写作贴近现实生活，表现生活的质感和生命，又是指写作是诗人们的生活内容，是他们为自己生产消费品的一部分，更是他们实现自我价值的重要途径。

在《1844 年经济学—哲学手稿》一书中，马克思首次把人类的本质规定为自由、自觉的生产活动，并明确指出："宗教、家庭、国家、法、道德、科学、艺术，等等，都不过是生产的一种特殊方式，并且受生产的普遍规律的支配。"[4] 在此处，马克思在将艺术活动看作一种生产的同时，又将它与政治、法律、宗教、道德等活动一同作为整个社会生产的一种特殊的精神生产形式加以论述。根据马克思对社会历史客观过程的分析，人类生活可分为物质生活与精神生活两大领域。为了满足自身这两种生活的需要，人类必然要从事物质的和精神的生产。同样的道理，诗歌写作其实也是写手们在为自己、扩展而为人类生产精神产品，并在这一生产过程中完成自我价值的实现。

从这套诗集中，我们能够感觉到写作对于诗人的重要性。它对于诗人，是为了释放，为了交流，也是为了提升，为了自我实现。因此，写作成了他们生活的重要内容，是他们向世界发声或讨要生活的工具。

> 从此，不从地下取水／我的井在天上／不再吃尘埃里的一粒粮食／我的粮仓在云上
>
> ——黄土层，《纺云》

像这样的诗歌，以极简约的文字呈现着来自生活的深刻感悟，就是难得的好诗。新世纪诗歌存在着一种重要现象，即大量被往常诗歌所忽视或鄙视的形而下情状堂而皇之地进入诗的殿堂，并被诗人艺术性地再造或再现，是生活化或日常化的一个重要递进。

三

新世纪诗歌的后现代性已为学界所关注。实际上，后现代性早在20世纪"新生代"即"第三代"诗歌那里就明显存在了，且引起了不小的争议。而在新世纪，它似乎表现得更明显和更深入。"后现代主义"的介入，给中国诗歌带来了相当大的冲击，甚至可以说，它深度改变了中国当代诗歌发展的格局。

后现代性感兴趣的是解构。西方后现代主义哲学，即乐意

从不同层面解构传统的逻各斯中心主义，消解以逻各斯为中心的关乎"规律与本质"的意义结构。它的突出特征是解构宏大叙事，消解历史感，具有"不确定的内向性"。而受其影响的新世纪诗歌中的后现代性，则又具有"平面化""零散化""非逻辑性""拼贴与杂糅""反讽与戏拟""语言游戏"等特点[5]。如果细数这些特点的优点的话，则可能"反讽与戏拟"更有较为永恒的诗学价值与审美意义。也正是在这一点上，新世纪诗歌为中国诗歌提供了可贵的新元素。

　　如今我活着 比任何一个死人都坚强 / 像一株无花果 敢于没有和不要 / 我的自在 不再是花开不败 / 而是不开花

　　　　　　　　　　　　——高伟，《第1朵花：无果花》

　　这首诗有着明显的"后现代主义"色彩：反讽、反仿、反常理等。诗人以一种略带调侃的口吻消解主题的严肃性和目的。这是"后现代主义"反叛"古典主义"和"现代主义"，消解中心、解构意义价值观的体现。不过，剥去这些表象，单从取材角度和情感取向来看，这首诗歌还是较为清晰地表现了诗人对于生命价值乃至人类某种崇高性的思考。

　　第三辑中的每部诗集，都有可资圈点之处。马安学的《谒宋玉墓祠》：隔着两千多年的距离 / 踏着深秋的落叶，我去看你；老家梦泉的《北方的雨》：在北方 / 雨水 / 是你梦中的情人 // 深闺的围墙 / 总是 / 高高的；赵剑颖的《槐花开》：五月，白色花穗从崖畔 / 垂挂亿万串甜香，春天已经走了；香奴的《幸福的分步式》：把红酒倒在杯中三分之一处 / 我总是停不下来 // 要么斟满，要么一饮而尽/我不喜欢幸福的分步式；于元林的《我们相逢在一朵古老的泪花上》：这个春夜 天空缓缓降下/银河如大街一般 亮着灯光/我们相逢在一朵古老的泪花上/我们要到初醒的蛙鸣里去说话；南道元的《谷雨》：谷雨断霜，淹瓜点豆/持续的降雨不会轻易停止/在南方/春天步入迟暮；钟灵的《晒薯片》：田畴众多。越冬的麦苗上/细长而椭圆的红薯片/宛然青黄不接时，乡亲们饥饿的舌头；袁同飞的《童谣记》：时光那么深，也那么久/遥远的歌声里，仿佛能长出翅膀/长出枯荣。像这样出彩的诗句，诗集中俯拾皆是。这些作品，都凝聚着诗人独具个性的诗性体验。是啊，诗是一种高度个性化的"物种"，只有那些异于常人的观察、发现、体验，才能发出个体的味道。跟"文"（散文、小说等）相比，诗更看重内情的展示，看重结构上的化博为精、化散为聚，看重将"距离"截断之后的突然顿悟。因为"人们要求的是在极短的时间里突然领悟那更高、更富哲学意味、更普遍的某个真理。这可以是诗人感情的果实，也可以是理性的果实。诗没有果实，只有'精美'的外壳（词句、描绘）是一个艺术上的失败。"[6]

"21 世纪华语诗丛"第三辑，正是新世纪繁茂的诗歌大树上结出的"感情的果实"。

（作者系岭南师范学院文学与传媒学院院长、教授，广东省中国当代文学学会副会长。）

参考文献：

[1] 吴思敬. 新媒体与当代诗歌创作 [J]. 河南社会科学，2004（1）：61－64.

［2］韩庆成. 颠覆——中国网络诗歌 20 年论略［G］//韩庆成, 李世俊. 中国网络诗歌 20 年大系. 悉尼: 先驱出版社, 2019.

［3］王本朝. 网络诗歌的文学史意义［J］. 江汉论坛, 2004（5）: 106 – 108.

［4］马克思. 1844 年经济学—哲学手稿［M］. 北京: 人民出版社, 1979.

［5］张德明. 新世纪诗歌中的后现代主义文本浅谈［J］. 南方文坛, 2012（6）: 84 – 89.

［6］郑敏. 诗歌与哲学是近邻: 结构 – 解构诗论［M］. 北京: 北京大学出版社, 1999.

目　录

CONTENTS

第一辑　春天的屐痕

童谣记 ·· 003

青春祭 ·· 004

青春的季节 ·· 005

春色，是一种隐喻 ······························· 007

南方来信 ·· 008

记忆，或倾诉 ······································· 009

那一刻 ·· 010

一个影子 ·· 011

飞　翔 ·· 012

春天十四行 ·· 013

守　候 ·· 014

这个夜晚 ·· 015

春天，十个海子复活 ··························· 016

风吹麦浪 ·· 017

写给春天的情书 …………………………………… 018

春天，悄悄地来了 ………………………………… 019

春天的脚步 ………………………………………… 020

春天的诉说 ………………………………………… 021

春风吹 ……………………………………………… 022

春天的声音 ………………………………………… 023

春风是一个过客 …………………………………… 024

春天的祈祷 ………………………………………… 025

与春天有关 ………………………………………… 026

春天，我喜欢喊出桃花的名字 …………………… 027

在时光的草垛上 …………………………………… 028

春天的特写 ………………………………………… 029

在里下河行走 ……………………………………… 030

里下河的春愁 ……………………………………… 031

与春天相约 ………………………………………… 032

春雨，一直在下 …………………………………… 033

春日慢 ……………………………………………… 034

老巷子 ……………………………………………… 035

春风辞 ……………………………………………… 036

春天书 ……………………………………………… 037

春之声 ……………………………………………… 038

春天的记忆 ………………………………………… 039

我就坐在藤蔓下 …………………………………… 040

你就是我眼中的风景画 …………………………… 041

第二辑 纸上的乡愁

送你一束玫瑰 …………………………………… 045

十四行 …………………………………………… 046

记忆，或幻觉 …………………………………… 047

有雨的地方 ……………………………………… 048

蔚蓝的记忆 ……………………………………… 049

湿地情思 ………………………………………… 050

我的江南 ………………………………………… 052

坐风吟秋 ………………………………………… 054

奔跑的灵魂 ……………………………………… 055

腊月的雪花 ……………………………………… 056

炊烟升起 ………………………………………… 057

父　亲 …………………………………………… 058

献给母亲 ………………………………………… 060

我们仅仅握了一下手 …………………………… 062

等一场雪 ………………………………………… 063

中秋月断想 ……………………………………… 064

再一次写到月光 ………………………………… 066

中秋的月亮 ……………………………………… 067

时间会说话 ……………………………………… 068

落日不悲伤 ……………………………………… 069

月光落下 ………………………………………… 070

月光，是浓浓的乡愁 …………………………… 071

在时光的缝隙里蛰伏 …………………………………… 072

穿越斑斓的时光 …………………………………… 073

灰喜鹊在飞 …………………………………… 074

在或远或近处行走 …………………………………… 076

爱的故乡 …………………………………… 078

滩涂的雨 …………………………………… 080

滩涂记 …………………………………… 082

滩涂的月光 …………………………………… 083

为你守望 …………………………………… 084

在水一方 …………………………………… 085

第三辑　风中的爱情

风之恋 …………………………………… 089

秋风辞 …………………………………… 090

醒　悟 …………………………………… 091

为　你 …………………………………… 092

遥远的你 …………………………………… 093

等你（一） …………………………………… 094

天涯海角 …………………………………… 095

起初，最后 …………………………………… 097

风之语 …………………………………… 098

致爱情 …………………………………… 099

凝　望 …………………………………… 100

等你（二） …………………………………… 102

今夜，我遇见了你 ……………………………… 103

永远轻柔的脚步声 ……………………………… 104

遇见你 ……………………………………………… 106

透明的忧伤 ………………………………………… 107

爱情列车 …………………………………………… 108

一只只白鹭，在灵魂里飞 ……………………… 109

蓝色失眠 …………………………………………… 110

用什么来记忆爱 ………………………………… 111

爱，从记忆里流逝 ……………………………… 112

风不停地吹 ………………………………………… 113

梦中的长发 ………………………………………… 114

海边书 ……………………………………………… 116

海的风声里堆满了沙 …………………………… 117

今夜，我只用一个安宁的词语抒情 ………… 118

请允许我久久沉醉在你无语的闪烁里 ……… 119

每一朵花儿都会从容绽放 ……………………… 125

秋天里，端坐着一个美丽的你 ……………… 127

今夜，我和西部的秋风一起失眠 …………… 128

不可言说 …………………………………………… 130

爱的温柔 …………………………………………… 131

这一次 ……………………………………………… 132

寂寞的夜晚 ………………………………………… 133

七夕何夕 …………………………………………… 134

爱的光阴 …………………………………………… 136

亲爱的，你看 …………………………………… 137

幸福的闪电 ·········· 138

第四辑　如歌的行板

致远方 ·········· 141

感情的橹 ·········· 143

这个季节 ·········· 145

十月之恋 ·········· 146

十月，妖娆秋天的思念 ·········· 147

秋天的抒情 ·········· 148

今夜，一朵菊花开放在另一朵菊花里 ·········· 149

记忆中的花朵 ·········· 150

今夜，有一群播种的人 ·········· 152

想念一场雪 ·········· 154

还有多少雪花没有融化 ·········· 155

雪的隐喻 ·········· 156

哦，下雪了 ·········· 157

白色的梦 ·········· 158

我从风雪中来 ·········· 159

白雪祭 ·········· 160

写给雪的情诗 ·········· 161

思念的雪 ·········· 162

踏雪寻梅 ·········· 163

白雪辞 ·········· 164

想起多年前的一场大雪 ·········· 165

你那里也下雪了吗 ……………………………… 166

雪之恋 …………………………………………… 168

煮一锅黄昏 ……………………………………… 169

在文字里起舞 …………………………………… 170

一百只夜莺 ……………………………………… 171

在人间 …………………………………………… 172

谁 ………………………………………………… 173

中年书 …………………………………………… 174

中年之痛 ………………………………………… 175

中年的倾诉 ……………………………………… 176

中年的邀约 ……………………………………… 177

我是秋天的一支芦苇 …………………………… 178

一个人的滩涂 …………………………………… 179

一个人的时光书 ………………………………… 180

秦淮河之夜 ……………………………………… 181

致故乡 …………………………………………… 183

我需要一个梦镀亮今生 ………………………… 184

第五辑　漫延的吟唱

立　春 …………………………………………… 187

雨　水 …………………………………………… 188

惊　蛰 …………………………………………… 189

春　分 …………………………………………… 190

清　明 …………………………………………… 191

立 夏 ·········· 192

谷 雨 ·········· 193

小 满 ·········· 194

芒 种 ·········· 195

夏 至 ·········· 196

小 暑 ·········· 197

大 暑 ·········· 198

立 秋 ·········· 199

处 暑 ·········· 200

白 露 ·········· 201

秋 分 ·········· 202

寒 露 ·········· 203

霜 降 ·········· 204

立 冬 ·········· 205

小 雪 ·········· 206

大 雪 ·········· 207

冬 至 ·········· 208

小 寒 ·········· 209

大 寒 ·········· 210

致巴勃鲁·聂鲁达 ·········· 211

致惠特曼 ·········· 213

致歌德 ·········· 214

致尼采 ·········· 216

致普希金 ·········· 218

致泰戈尔 ·········· 220

致雪莱 ···························· 222

致叶赛宁 ···························· 224

致库什涅尔 ···························· 226

江南的月亮 ···························· 227

我在这里沉默 ···························· 228

这一夜 ···························· 229

夏天，与你在一首诗里相遇相恋 ·········· 230

十月的倾诉 ···························· 232

第六辑　灵魂的声音

墓志铭 ···························· 239

坚　守 ···························· 240

月色在时间里飞 ···························· 241

穿着羽毛的灵魂 ···························· 242

一粒盐的神情 ···························· 244

馈　赠 ···························· 245

想象中的你 ···························· 246

灵魂独白 ···························· 247

唯美的灯盏 ···························· 248

抒情的河流 ···························· 250

入梦，入戏 ···························· 252

关于茶 ···························· 254

对一杯茶的眷恋 ···························· 255

关于状语从句的多重解读 ·············· 256

汤旺河之恋 ……………………………………………… 257

每一片雪花都是一朵思念的火焰 ………………………… 259

被一团火焰围困 …………………………………………… 260

飞翔的词语 ………………………………………………… 261

一个人行走的冬季 ………………………………………… 262

雪花的灵魂，是一幅优美的画 …………………………… 263

记忆中的芦苇花 …………………………………………… 264

尘世之歌 …………………………………………………… 266

第一辑　春天的屐痕

童谣记

时光那么深，也那么久
遥远的歌声里，仿佛能长出翅膀
长出枯荣。眺望升起的缕缕炊烟
这么多年，我一直在童谣里缠绵悱恻

枫叶红了。我眼中的繁华和色彩
早已凝结成时光镌刻的琥珀
思念趁虚而入。童稚的歌声里
还有谁能听见关于大海与梦想的诗句

从前的生活，越来越逼近眼前
我只知道：时光是一首不朽的诗
啄木鸟在叮叮地啄着一个个童年故事
只有花开的声音，被音乐慢慢染成色彩

一缕缕炊烟升起。一片片油菜花
在我的眼前，腾起思乡的欲望
就让我们一起在童谣里听涛、观海吧
仿佛只有这样才能还原人生的千姿百态

青春祭

青春，如同一阵风
将我的容颜悄悄地改变。它用一只手
将我的骨骼蹂躏在青春的酒杯里
让我辨认不清是水，还是酒

青春，用它的另一只手
替我释放胸中的闪电。我看见了青春
青春看不见我。青春是一阵多情的雨
青春遗失了，又回来了

青春，装满了我的书本和远方
青春，装满了我的秘密和想象
青春，装满了我的忧伤和泪水
青春，装满了我的火焰和幸福

青春，在梦里下了一场雪
大地，绿色，山峦、河流和天空
纷纷走进我的血液。我的青春美丽八次
如酒一样使人沉醉、迷离

青春的季节

当军人用极其正统的方式
裹住思念裹住潮湿的同时
也紧紧地裹住了青春的诗心
是的　既然选择了这绿色的城堡为家
军人的名字便和青春一起
结伴而行　便注定
在这永恒的绿色天地里不倦地航行
自此　青春选择了军人
军人奉献着青春

当青春的灵魂鲜活了我的理想
当一次一次风暴有声有色地来临
我最终明白了　军人
对于时代的不朽意义
于是　我想我有什么理由
不把心底最爱的一支歌曲唱出来
又有什么理由
不把底心最美的一支歌献出来

青春依然在颤动，蓬勃，打湿了
亲切的阳光及阳光下的寂寞

而我们没有用最疯狂的节奏

表演这种难得的兴奋

就让寂寞的眼睛

在无限风情的窗口逡巡

并阅读军人的沧桑和勇敢

使命和荣光

哦　就是这座绿色的城堡吗

美丽的月亮圆了又缺缺了又圆……

春色，是一种隐喻

春色，是一种隐喻
裹着心思，沿着花香，一路蔓延
柳枝探耳，似乎在凝神倾听

恣意的绿叶，被春风一一点燃
我看到，三月的枝头被裹上风情万种
春心荡漾。阳光拥吻着盛开的思念

春色，是一种隐喻
复活灵魂，惊醒雨水，快乐呻吟
每一滴雨水，都亲切地缅怀着往事

一只水鸟，掠过春天醒来
让一切事物，充满幻象。春梦阑珊
看红尘巷陌，蝶舞蜂飞

南方来信

信终于来了。从南方
我的手托着它——
那上面有三个字——我的名字

用指甲轻轻地裁开二片薄薄的唇
呵　我的心和你一起
迸了出来！

一朵圣洁的　双瓣桃花　轻轻地
落在眼前　那是你吗？
一个完完全全崭新的你吗？
火红的肩章
火红的笑脸
还有熠熠生辉的军帽……

桃花　真美
美在军装　美在心灵
美在南方　美在你的脸上

记忆，或倾诉

和我一起走吧
走出城堡，走出迷惘
去会一会风，见一见雨，晒一晒阳光

苦楝树下
我听见花开花落的声音
我们一起等待着，爱的暴风雨来临

随风而逝的，都是
败叶，残花，以及一颗疲惫的心
——有多少滴泪水，就有多少粒苦果……

那一刻

那一刻，有鸟飞过
风不确定，但情绪饱满，细密，完整
忽想起，我们曾经的誓言
被久远的年代风干

那一刻，除了崇高
我只剩下背影。但心中的梅花不会凋落
枫叶，多么鲜红而浪漫
闪电，像一个早该发生的醒悟

那一刻，疼痛也不觉得
多少静默，穿过子夜的桥
走过千山万水，只有嘀嘀嗒嗒的时钟
被记忆甩出水纹，吹散心底的苍茫

一个影子

夜色沉重。星空迷离
一个影子，频频回首，咀嚼往昔
似梦似幻，在黑夜里飞翔

一个影子，摇摇晃晃
像经历一场劫难，以落叶之姿
跃入虚构的词语里，又消失在夜空中

一个影子，不言不语
与黑暗对峙，突然挥舞起一把明晃晃的刀子
气拔山岳的呼喊，似乎留下雄壮的证明

飞　翔

你知道吗？这些燃烧的目光
总是沸腾我的热血
于是　我怦怦跳动的心脏
开始　在阳光下躁动不安
因为　我的飞翔
天空　也变得越来越遥远

你明白吗　一千种理由
也不是理由
一万种怀想　也不是幸福
但　风雨里飞翔的声音
该是一支多么动听的曲子
在美轮美奂之后
谁　又能听到最后一种声音
一种寂静　一种快乐

此刻，我听见一千种声音
在呼啸奔腾　大地之上
我　在不停地被抛起跌落
那是谁　在缤纷花朵
浸湿　我香甜的梦境

春天十四行

从万紫千红，默守到繁花落尽
所有的花瓣不再等待
摇曳与坠落，刺痛我的目光

凝视的片刻，一地落花隐去忧伤
如果不能觅得绿芽重回到亮光里
我愿在寂静中羽化为另一种形式

一场又一场春雨在梦里流淌
风奔跑着　梦想把漫山遍野点燃
有谁能看到我内心的光与焰

大地上云淡风轻　此刻
还有谁会端坐时光的彼岸　倾听
我对春天一年一度的祝福和祈祷

守　候

春风吹到三月的时候，桃花红了
桃花红时，小河开始叮咚
河水叮咚，淋湿着你的守候

春风追逐着流水，绿荫忍不住
告诉我收音机里隐藏的旧时光
和春天里你们幸福牵手的故事

泪雨　缤纷着这个春天的声音
终于　你以诗般温柔和执着
融化了长长久久此生不渝的守候

从滴到答，从滴到答
在清明节的田野或路边上
我总是能看见你守候的晶莹泪滴

桃花盛开的梦。十分地丰富
窗外的雨，清明的雨，丝丝缕缕
不停地敲打着那年春天相爱的记忆

这个夜晚

远山如黛。马蹄声隐约走远了
春风忍不住荡漾着
一盏灯火，弥漫着花香的气息伸向远方

温一壶米酒吧。夜色已经降临
我把鲜花相约，酝酿最为甜蜜的语言
锦绣在母亲翻种的菜地上

这个夜晚，那些在尘世走丢的亲人
又走到村口。他们走着走着就走散了
希望在梦的世界里拔节，疯长

春风，吹绿了堤岸。爱上
乡村的夜晚。春梦，流水，星星，鸟鸣
氤氲着美好。一路弥漫着花香

春天，十个海子复活

一个春天，压在另一个春天之上

每一个春天，都瑰丽着缪斯的火焰

每一个春天，都装满了撕碎的诗行

每一个春天，都面朝大海，春暖花开

风声四起，夜色四起

海子，你的诗魂，却把忧伤填进了铁轨

海子，你看春暖花开的三月多美啊

只是，你爱的那朵桃花却迟迟不见盛开

在春天，你还没来得及

给每一条河每一座山取一个温暖的名字

在春天，你把戈壁的孤独咽进去又吐出来

引我时时回眸的，却是你不动声色的浅笑

春天，你是夜晚的一部分

春天，只有一个海子，去了另一个地方

春天，谁在延伸着每一个以梦为马的日子

春天，一个海子死去，十个海子复活

风吹麦浪

遥远的鸟鸣。遥远的天空
春风一遍遍梳理我记忆中的麦子
交出体内的香，也迸发出爱的幻觉
交出燃烧在我视线中那诗意盎然的春色

春风，吹过麦子的时候
我在遥远的异乡。一遍遍默念或书写
那些熟稔的河流、大地，还有"勿忘我"
只有亲爱的麦浪，一直缠绕或缤纷我的爱

春风吹过麦浪。通向遥远
远方变得愈来愈小
那些桃红，李白，月儿圆，花儿香
从此，让我在遥远的思念里更加温馨甜蜜

风吹过那只飞鸟。天空漾起金色的麦浪
把思念带向遥远，我不忍在窗前
细数忧伤。当所有的道路通向蔚蓝的天空
耳边响着记忆深处的风吹麦浪声一次次泪下

写给春天的情书

我无法写出时光的美好，或宁静
因为春天就在不远处
那春蕾的秘密，为什么还躲躲闪闪

这个冬天，因为有你
一只月亮，悬在透明的酒杯里
就像是一朵春天的烛火

听说紫薇花又开了
而你的行囊里，无法隐藏泪水
你只想看看，那年相约的老槐树是否还在

串场河的古道上，响起春天的马蹄声
响在你铺开的信笺上
那里有跳动的心绪，还有尘世的繁华

春天，悄悄地来了

举杯邀月的瞬间，春天悄悄地来了
在这个冬夜的尽头我激动的泪水
化成你枕边的温柔，分离出瓣瓣花香

每一颗星星，都闪烁着同一个梦境
洋溢着内心的柔软和温暖
春风里，所有的声音都已静谧
只剩下爱在彼此的眼神里回落

春天的诗歌，只是一个梦想
淡淡飘着思念的芬芳　却滋养着
盛开在大地上的一片片花朵和心灵

由远而近。春风划破夜的沉寂
月光下河水的倒影也慢慢生动起来
殷红的内心。轻轻荡起美丽的绿色
在我的心中滋长，在寂寞的天空绽放。

春天的脚步

就这样，向春天掘进，掘进
掘进那葱绿的住址，掘进那桃红的门牌
掘进那岁月的尘土，掘进那远方的羊群
然后在草长莺飞的江南岸边落款

你仅仅是一颗春天的石子啊
该如何展开四蹄，在云层上奔跑
你仅仅是一枚春天的花瓣啊
该如何在树下开放，和大地言欢

春天，一场雨水正在赶来的路上
人间的绿意，一点点透明，饱满，盛大
列车呼啸而过。伴随着漫天的星光
我的失眠，填满了记忆的行程

窗外，鸟语衔走春风的救赎
我诚惶诚恐，在一片碎瓦上捡拾时光
期待，在繁杂的尘世邂逅一场更暖的雨
守着一颗骄傲的心，让梦想启航

春天的诉说

今夜，我蘸着一朵桃红或李白
以一尾鱼的思想开始抒情
春天来了，匆匆归来的燕子
穿越马蹄声，登上故乡的枝头眺望

请原谅，我不能一一说出
春天的忧伤和秘密。姹紫嫣红的花儿
却一遍又一遍地沸腾我的心灵
似乎在叫醒蝴蝶，也在叫醒春天

它穿透我体内的黑夜，一遍遍攥紧我的心
有时用月光。有时用闪电
此刻，我就坐在春天的台阶上等你啊
等你给我带来春天的美好和消息

春天来了，百花开了
斑斓的梦，依旧没有找到绳索
这个春天，诗歌是唯一的表达方式
和我一起承载炫目的光芒

春风吹

春风吹啊，吹拂一池春水

东湖的珞咖山，在一草一木注视下

是否已柔软。融化。我的世界

只有沉默和燃烧的诗行

抵挡住远方的牵挂和灼痛的神经

春风吹啊，吹拂武大的樱花

把曾经的岁月煮得沸沸扬扬

我静静坐下。眼前是一片茫然的雪花

现在只剩下了几片忧伤

独自突兀着，像烧红的铁爪

春风吹啊，吹拂一地繁华

我看到鸟儿在歌唱，一个如花的名字

已把你写成一首诗的样子

我的心早被一种剧毒所伤

只有用春风来确认你幸福的方向

春风吹啊，吹拂我的想象

我像一滴露珠，在草尖上不停地张望

熙熙攘攘的车站，我和你

还有多少甜蜜，该如何遗忘

回忆此情此景，我再一次泪如雨下

春天的声音

就这样，你坠入一朵朵樱花里
久久地，沉醉于一场春风的盛宴
回眸处，流水依次暴涨
春天，因为你成为最心醉的季节
你的周围，满眼都是花香、鸟鸣

远处，芳草连天。衣裙飘飞
有人爱你的肌肤，有人爱你的灵魂
而我只爱你的清脆、透明和纯净
樱花，一朵一朵优雅在万物的身旁
而你，总是随风而来又随风而逝

一朵朵樱花，在风中明媚
想不起春天是如何笑着赶来的
足音很轻很柔。只有一望无际的弥漫
一望无边的寂寞。潺潺的流水声里
唯有你，在我的心上走进又走出

春风是一个过客

四月的风，化为春雨淋湿万物
悄悄地惊落了一地樱花
我藏身在香火中，坚守一份从容
木鱼声声，梵音追逐着滚滚红尘
似在虔诚的庙堂前跌落

一道水光，托起心底的潮汐
山水天涯，在梦里几度寻遍
相聚相恋，只缘那几世轮回的修行
你的眉间，为什么我只能找到雷雨
滚滚而逝的，还有庙宇之上的沉默

春风是一个过客。看不清黑与白
对与错。风裹紧弦音，泪水涟涟
为了祭奠，白色的樱花散落一地
人生来去匆匆，尘世繁华如梦
与时间对峙，我们没一个赢家！

春天的祈祷

从塞北到江南，有风吹过的地方
都是别样的芬芳，或幸福
一场风暴之后，大地上葱葱茏茏
处处是春天的气象

风是诗，雨是景。凄风冷雨中
那个焚香的女人，如今去了哪
乘着月色，乘着记忆
那一次回眸的目光，是否笑靥如花

灯如海，人如潮，夜如画
整整一夜，我一直惴惴不安啊
就借用桃红、柳绿和春天的笔墨
为你书写这一生一世的安宁和幸福

与春天有关

草绿了，花开了，春光荡漾
蝴蝶成双成对在匆匆奔忙
一生的光阴。就这样被虚构着
宛如江南一幅韵致的山水画
端庄且宁静，眷恋而永恒

梦见一片澄明的天空
梦见一对飞翔的翅膀
微笑着融化。从这个春天出发
回到叫作故乡的地方
那缕缕的炊烟和疯长的老树
久久萦回在魂里梦里

比寂寞更寂寞的是等待
比遥远更遥远的是记忆
花朵含苞欲放。我想去故乡看你
你就是我泪流满面的春天
最初的纯真。古典而干净
因为美，所以热泪盈眶
因为爱，所以深刻从容！

春天，我喜欢喊出桃花的名字

春天，我喜欢喊出桃花的名字
桃花，藏不住心事，春心一动
她就开了。桃花是杀手，她的红颜
如何装扮，都不是那一年春天的样子

春天，我喜欢喊出桃花的名字
桃花像少女，她一流泪，我就开始慌张
我的春天，只有一株寂寞的桃花啊
只有她围着我，和我唱歌、跳舞

春天，我喜欢喊出桃花的名字
桃花，开满了道路。她们欢笑着
叫来梅花、樱花、梨花、迎春花、紫薇花
她们把春天的道路叫得多么繁花似锦

在时光的草垛上

一场春雨之后
萌动的春愁一直默默不语。时光微笑着
再次盛开在挂满风铃的草垛上

一只萤火虫，跳跃在遥远的时空里
我不再忐忑不安，不再随风飘摇
就让这平淡沉醉在时光的血液里轻轻吟唱

河流是一种风景。也是一轮含情脉脉的月光
不可能让我再回到从前。也不可能
再让风吹过那片葵花地，和记忆中的忧伤

春天的特写

一绺绺花絮在春风中妖娆、寻觅
美丽的花蕊，收藏着花香、露水和鸟语
总眷恋着这个情窦初开的季节
亲爱的，你能否告诉我
你等待和眺望的目光究竟发现了什么

大雁从远方赶来。河水流过我的身体
带着芬芳的气息，已经渗入三月的阳光
春潮荡漾着。你把我变成你五彩的世界
已抵达一场春天的盛宴。我只能
在唐诗宋词里细读你优雅的美丽和风韵

春暖花开。所有的希望、生命与力量
在这里聚集。所有的词语、情感和流浪
只为一生那绚烂的誓言，在奔跑与绽放
虽然有时，我只在意你的端庄和圣洁
你就是空谷幽兰。让圣洁的爱暗香浮动
让尘世的美，永远深邃着万紫千红的灵魂

在里下河行走

春暖花开。湛蓝的天空下
金黄色的油菜花在里下河两岸边
失控地绽放，恣意地抒情

诗和远方。作为多年的见证
它们在我漂泊时，升起，我一个人的
乡愁，或记忆

春光四溢。里下河
在万紫千红面前，总以最优雅的姿态
说出最为动人和甜蜜的语言

明媚如画。如诗。无比风情的柳枝
柔软了河岸。在里下河的春风中欢笑着
闪亮着，让芳菲盈满人间

里下河的春愁

四月的里下河，温文尔雅
含笑。心怀喜悦。那一身翡翠绿
招蜂引蝶。一株株桃花在露珠上含羞
撒满花瓣的田野。繁衍春愁
温柔如诗，与春风一起翻阅斑斓时光

夜幕下，她轻轻叩门
重复着春天的故事，滋长一种暖色
如姹紫嫣红。醉了流年
寂寞和孤独，在这个春天只能顾影自怜
身后追逐嬉戏的，依旧是两只多情的蝴蝶

四月的里下河，又美又宁静
而她依旧会有失眠的夜晚和忧愁
并一次次听见那轮忘情的月亮在叹息
啊，请你原谅我，在水中独自盛开寂静
为什么那远处的钟声和烛火总是泪流满面

与春天相约

一年一度，与春天的约会
伴着花信翩然而来
春光明媚如诗，暖透大地的心扉
一群鱼虾从深水里跃出
嫩绿的柳枝，荡漾着春风春雨
垂钓起一池鲜活的春色

推开的掌纹，挤满岁月的花
悄悄地抵达春天的心脏
一朵朵花蕾，在娇滴滴含笑
一层层春色，从蛰伏中复活
虫鸣鸟语汇聚成春天抒情的乐章

"春天发芽了，只带上你的爱。"
时钟嘀嘀嗒嗒。忙碌的身影
把希望和汗水一起播种着
每一个沸腾的日子，在春风中丰盈
是谁打开了时光的缺口？
一群鸽子飞向天空，唤醒了春天

春雨，一直在下

雨，从春天出发。一路上，它失魂落魄
携带风寒，携带电闪雷鸣，携带
肆无忌惮
一次次释放沉默、孤独和放荡不羁

更深的夜晚，它还携带着从容不迫
和大功率的电流强度穿透我的一生
繁衍出，郁郁葱葱的心事

听，那淅淅沥沥的雨声
已沿着岁月的静好，在雨水的浣洗下
旺盛成葱茏的日子
在心中修篱种菊

转眼间，又一个雨季来临，听雨的人
把万千雨滴焚烧成爱的诗行
哦，该来的已经来了，该走的还是走了

雨，下得好大。我淋漓在纷纷扬扬的雨中
让风缓慢地吹。让呼啸的雨，一次次杀戮
然后倾尽所有的力气宠着你，或放纵你

春日慢

春风徐徐，染白梨园
奔忙的小蜜蜂在花蕾丛中采着蜜
那是温暖和煦的诗句留下的美好或呓语
抑或是远方的春姑娘捧出的祷词

春阳暖暖，烙红桃花
幸福的露珠在花丛中流淌着点点笑意
那是灵巧的小燕子衔来报春的喜讯
一滴滴鸟语的青翠，包裹着泥土的芬芳

草长莺飞，风拂花香
淅淅沥沥的雨丝，像如梦如幻的六弦琴
引领我走进神秘的殿堂。春风的巨手
正在绿叶与花蕾间编织灿烂的意象

树木茂盛，雨声飘零
蒲公英、牵牛花、狗尾草还没有开放
春风吹过来。穿过草丛、藤蔓、乱石堆
玉门关外，我想开成一朵不败的花

老巷子

春风，在雪后的泥土里舞媚弄姿
尘世的美与花香，成为春天的纵火者
火焰，与春风一起正在弥漫着老巷子

一声鸟鸣，曲径通幽。春天的巷子里
阳光　舔着雪花。正整装待发
一枚时光的落叶，划伤了季节的隐痛

老屋，与亲人一起，坍塌在记忆的边缘
那只低飞的麻雀，迎来北燕南归的守望
岁月不紧不慢地在故乡的拱桥下流淌

红墙。灰瓦。记忆。岁月的河
鸟儿开始在枝头吟唱。是谁披星戴月
望穿秋水，从流逝的时光里姗姗走来

古巷。传说。那片熟悉而又陌生的月光
在眼睛里跳跃。伫立在记忆的窗口中
哦，那些遥望，轮回在渐行渐远的时光

春风辞

春风，飘洒在范堤烟雨里
惊醒了小河，染绿了田野
在花间飘绕，在枝头闪耀
熟悉的方言，氤氲在斑斓的芬芳中
仿佛在替我一一喊出春天的名字

迎着暖暖的风，我怀揣着
一把草籽，一路向南奔跑着
阳光暖暖。那河流和道路多么宽敞
那绿色和柳枝多么蓬勃
万物生机勃勃，鸟鸣声铺满整个春天

这个季节，请允许我
用文字打开春天，允许我在梦里
深情地活着。想我所想，爱我所爱
或者喂马牧羊，虚度时光
桃花依旧灿烂。谁来这个春天度我

春天书

在一片火红的祝福声中
大地已诞下生机勃勃万紫千红的春
这一刻，春风如药引
孩子们的笑脸，宛如蝴蝶张开的翅膀

是花开，还是咚咚的流水的节奏
在二月的早春里醉眼朦胧
依旧是那片桃花，和魂牵梦萦的记忆
一年年诗意着春水漫过的堤岸

七九河开，八九雁来，飞雪迎春
燃烧的岁月，憧憬长了又长
又是一年新春，又是一年五彩的盛宴
谁在和着鸟鸣，描摹诱人的馨香

布谷鸟在吟唱。无数个梦想
还在泥土里生长。如暗夜里的一束光
幽梦醒来是春天，我们聚散匆匆又一年
含羞的花朵在明媚里沾满星星的泪光

春之声

蛙鸣声声的春天，常常在梦里
就像在咋夜，游子在颂读一首思乡的诗
第一缕春色，正被河水一次次地洗亮

春色无敌。多少乡愁在春风里飘荡
故乡的炊烟，一年年成了千古吟唱
那些垂柳、紫藤、海棠、芙蓉、百合
哇，一下子挂满了春天的狂想和色彩

春天来了，云雀在高声歌唱
河水簇拥着记忆，踩着欢笑迎接百花盛开
呵，是谁把春色一遍遍复制在祖国的版图上

春色醉人。被河水抬高的春天意象里
雨滴从老槐树上轻轻地滑落。一次次敲打着
游子的神经，就让春色在诗行里劲舞吧
如此，仿佛有一种淋漓直抵内心的火焰

春天的记忆

春天的记忆，有时是红色的
她，红得流血、流泪。每一个枝节
因为爱，蝴蝶的翅膀有了虚幻的美

春天的记忆，有时是白色的
她，白得绝望、孤独。每一片雪花
因为深情，一颗虔诚的心被撕裂

春天的记忆，有时是黄色的
她，黄得空旷、久远。每一个身影
因为忧郁，风，一阵一阵吹来

春天的记忆，有时是黑色的
她，黑得沉默、笨重。每一次降临
因为往事，不愿轻易说出她的疼痛

春天的记忆，有时是蓝色的
她，蓝得忧伤、寂静。每一场细雨
因为你，我的梦才湿润一个个夜晚

我就坐在藤蔓下

我就坐在藤蔓下
看一阵阵风吹落树叶，惊起一群麻雀
枯枝，轻轻地摇摆着。把人间的
春风，一点点地拨出涟漪

我就坐在藤蔓下
耳朵与眼睛，随风飘动。像一首诗
一朵朵桃花，盛开着孤独的梦
这遥远的思念，该寄给谁

我就坐在藤蔓下
清点着腐烂的部分。每一层骨髓里
都紧拽着泪和影。像一片白云四处飘浮
更像一匹白马在草原上纵横驰骋

我就坐在藤蔓下
数着滴滴答答的小雨，潜入人间草木
像一个个魅影。让妖娆的文字
勾勒出春天倾国倾城的容颜

你就是我眼中的风景画

你就是我眼中的风景画。一切似乎没有悬念
那亘古不变的皮肤，一日日挑战着我的视觉
依旧四季翠绿，不与群芳争艳
你傲然挺立的神采，总是给偌大的天空
一片透明、一片妩媚和一片蔚蓝

日子依旧明亮。被照耀的风景，蓝蓝地流淌
不知名的鸟雀张开它们的翅膀，一路欢歌
高高的竹林，仿佛千军万马
它们奔跑的姿势成为我眼中的最美和最亮
成为这个春天辽阔的绿意和想象

此刻，我就坐在清风明月里，沉醉在一首唐诗里
不停地喘息着，吟咏着。而赞美落满了河流、山谷
春风来了，鸟儿叫了。我知道我的身体里，藏着
太多的雨水和灰烬。但我会在焚烧的火焰中
义无反顾地、一字一句书写坚强

第二辑　纸上的乡愁

送你一束玫瑰

别去触摸带刺的玫瑰
你若不信，就会说出那一个字："疼"
今夜，我和你近在咫尺。但整个夜晚，都没听到
那个声音。而我怀中的月亮，已渐渐变瘦

今夜，没有人知道我和你走得最近
梦把我从睡眠中一次次叫醒。我的玫瑰之约
只有流泪的部分。我的眼中，玫瑰是盛开的相思
是爱的露珠。是温柔的一片月色

别去打探潜伏在玫瑰深处的风景
今夜，我的花朵在春天发新芽，在夏天长葱绿
在辽阔的秋天，一片片落叶被流水载向远方
而在冬天，她只把无私的爱深深地隐藏

多想亲手送你一束带刺的玫瑰
把一座兰州城藏进花心
窗外的雨还在徘徊。今夜的玫瑰，不止是半卷如梦令
照得深红作浅红。她还是一剂爱情的药
理气活血，舒肝解郁
让更健康的温暖和繁华，在我们之间生长

十四行

多少次月圆月缺
穿过梦中那座古老的石桥
因为你，我静静地倾听着
心底那份熟悉的乡音

谁的面孔，月亮一样皎洁
在我的呼吸和欲望里
渲染一种神秘　一份眷恋
当我又一次想起渐行渐远的你
我的心缠绵成一滴墨
在思念一场春天的细雨

岁月的眼，朦胧、沉静
时光在低诉那一段美好的青春
纵然文字在心中激荡
我又该怎样倾出那份久违的记忆

记忆，或幻觉

秋天，我正在把你记起并且遗忘
那些身后的落叶、飞花和心跳
让我如何一一记起和描述

我们的一生都在寻觅
都在溢满泪水的竖琴上跳舞
赤裸的心灵，被渐行渐远的步履扎痛

不远处檐角的风铃，声声绕过耳际
而那些雨滴般纯净的音乐
一次次模糊在冬去春来的雨巷

自始至终，思念只是一个人的对弈
无处安放的灵魂，更像失足在时间的深渊里
它寻找缝隙，解剖自己，释放心灵

从一滴泪到一首诗，再到乡关和日暮
不是日升月落不是孤独寂寞
而是层层情感堆积起来的记忆和方向

有雨的地方

今夜，想起母亲，想起明月
此刻，我正从梦中走进水乡
在这里，你必须成为热爱雨的那个人
因为，有雨的地方，一定有梦

水乡的雨，是水乡人的希望和忧愁
我多么希望我的梦里有雨，也有鸟鸣
它的每一个细胞都热衷于气候变化
我的梦中下着雨，总带着喧哗的声响

小桥、流水、茅屋、拱桥
鸡鸣、狗吠、羊咩、牛哞
古树、昏鸦、石碾、老庙
有雨的地方，一切开始安静

有雨的地方，时间开始慢了下来
人生的脚步开始慢了下来
这时候最渴望有一缕温暖的阳光
照亮记忆，照亮归途

蔚蓝的记忆

那个火热的夏天已经走远了吗
贝壳、鹅卵石被海水一遍遍濯洗
被雕刻成阳光、记忆和盐分
留下一片蔚蓝的情绪　暗含着忧伤

轻轻地波动着　波动着的蔚蓝呵
你是夏天活着的精灵吗
在琴键上欢快地跳跃　颤动
在五线谱上轻盈地美丽滑翔
梦一般妙曼　诗一样吟唱

绵绵起伏的倾诉　穿过记忆
有一种隐隐的疼痛自胸口慢慢升起
不知道下次来看你将是什么时候
你还能这样蔚蓝如初吗
你还会这样温柔待我　让我沉醉
为我捧出一簇一簇芬芳的记忆吗

湿地情思

在湿地。在海边。我的故乡
一只丹顶鹤轻轻地从头顶飞过
水天相映处。她披一身夕阳西下
黄昏十分虔诚地把蓝天融进碧水
一个小女孩和《一个真实的故事》
从此成为记忆。成为永恒的天堂

梦。幽思。带着咸咸的海腥味
带着忧伤，带着心痛和片片回忆
走遍布满鲜花和故乡炊烟的城堡
透出灵性之光。青春之光
凝视你的远行。萦绕你的期盼
灿烂你的容颜。美丽你的梦境
水与血，从此由静默走向茫茫沧海

更远处。是我童年生活过的小村庄
风情万千舒展成一幅淡淡的水墨画
在潮湿的夜。它轻抚岁月的琴弦
成为母亲的目光。连接我的视线
撑起我们一生漂泊无边的旅程
就让如烟的思绪搭建那梦中的柴房

最后的乐章。是你含笑九泉的目光
在溢满醇香的歌唱中。我们醉了
你知道吗？真情的花朵四季盛开
每一瓣凋零的生命仿佛都在诉说
这样的日子是多么的掷地有声
因为真爱永远充盈沉甸甸的日子
大爱与信仰成就至真至纯的梦想

我的江南

这不是在梦中吧
窗外，我千年的江南依旧楚楚动人
历经无数个烟花三月
我相信这个夜晚的明月是杜牧诗中的

就像陶渊明挥之不去的记忆
我那《沁园春》《如梦令》的江南
经春风一吹就印在了春姑娘的脸上
她们在诗歌里描摹一首幽香清丽的绝句

今夜，我要用诗与诗神对话
在烟雨霏霏、鲜花簇拥的江南里
我轻轻地朗读李杜的诗文
与软软的吴音一起收割美好的记忆

我想告诉你，那些楼台、烟花和细雨
一定是从唐诗里飘落的经典成分
多年以来，我注定用一生的爱恋偿还
并让一种仪态万方，深刻内心

在江南的上空。一只白鹤，呼之欲出

远去的崔颢啊，你还有什么样的烦忧
展不开眉宇。烟波之上那是谁的衣袂飘飘
悠扬的羌笛声里，又徘徊着谁的影子

吸纳千里东风照彻万古月光阅尽百代春色
优雅与生俱来，我的江南天然浑无粉饰
转眼间已经流传了千年、万年
却有一缕香魂，从你的唇齿之间冉冉升起

最是那夜夜入梦的黄鹤楼啊
生生世世，你就是我魂牵梦萦的故人
以至于在我走过二十四桥时
一不留神就缠绵于你温情脉脉的眼神里

依旧如诗如画。温柔娴静的我的江南
今夜，无眠的我再一次拨亮唐宋月色
让一个柔软的梦一做就是千年
在云梦深处开出一片红菱，楚楚动人！

坐风吟秋

清风渡岸，八月稻香飘作琴声
水中倒映的荷花。袅袅地笑着
纵横的阡陌间，舞动丰收的年华
是谁穿行在稻浪滚滚的原野
起舞霓裳。滋润一田的禾香稻绿
远处，一只白鹭在稻香深处低吟浅唱

盈香。醉人。馨心。自然
举一盏八月清逸幽深的稻香
吟咏一秋水色，在水乡稻熟的岁月里
一定会有芦花摇曳、飘荡
梦里水乡鹤影，踏一曲蛙鸣声声
吟唱天籁。在希望的田野上

风帘月卷，清桂摇秋
芳菲的秋韵。尽在稻香渡月的心涧
蘸一笔墨香，是你最美的图画
白鹭点点。飞鸿掠桥
坐在稻香花影里
一舟丰收的笑语正书写水乡绿色华章

奔跑的灵魂

月亮蜿蜒流水。时光在奔跑中
用一把把小刀把灵魂苏醒
明月一寸一寸脱落。羞涩玫瑰的香甜和露珠
恣意地涂抹着生活的每一个角落和内心

城市被雾霾围困。坐在我对面的人
一句话没说，仿佛也没听到窗外响起的雨声
只是抚摸了一下哭泣的衣衫。我只知道
他始终没有看清我眼睛里摇晃的身影

时光渐渐老去。大海的血管里
仿佛塞满尘埃，或是呈雾状的寒冷
但无论如何，我眼睛里奔跑的一匹野马
正在神龛旁虚构一些春天的花事

风沿着思想前行。吹乱了前行的影子
这雾霾该如何落笔，乘着青春的梦和帆船
雨水开始旋转。我相信它一定会在黎明抵达
叩响，或谛听新叶拱破冻土的声音

腊月的雪花

腊月的雪花，随风轻轻地落下
每一片都是崭新的、迷人的、温柔的
它的洁白，让鸟鸣起伏　花香弥漫
它，总是悄悄地驱散人们心头的一份孤独

腊月的雪花，仿佛从诗经里落入人间的精灵
在寒冬里拔节扬花。在梦里悄悄发芽
有多少等待和凝望，就有多少光阴故事
大地为你流泪。你就像云朵一样坠落

腊月的雪花，就像时光的羽毛
它的影子，漂泊了亲人所在的每一个地方
因为爱和怜惜。我开始挥霍心中的想象
当你化身为一滴水时，我也转身跳进了波浪

腊月的雪花，鲜活了所有的想象
它自由自在地飞啊飞，一夜就变成了御寒的梅花
在通往幸福的路上，它经过平原、大海
奏响春天的序曲。并听到流水的歌唱

炊烟升起

红墙灰瓦、范堤烟雨、沧桑河流
一切都矮下了。矮下了
梦里梦外。一个个影子如炊烟袅袅
古老的村庄已走失。或沦陷

炊烟升起，是一幅古老的风景画
也是一支魂牵梦萦的歌
多少游子为之驻足。回望。留恋
记忆中的它，温馨了我一个个甜蜜的梦

任时间静止，岁月颠倒
必须承认：如果再飞得高一些
它就接近天空了。那里有车水马龙
并缤纷着我们深情的向往

炊烟升起，如同爱的乡愁
一生都在奔跑。跳跃。焚烧。灭亡
多少繁华，如梦。却止于一场雪花
而远方的汽笛，一次次敲响暮鼓晨钟

父　亲

今夜，我站在故乡的黄土地上
站在清风明月里
寻找一个熟悉的高大的身影
轻轻吟诵一首关于大树的诗

远处星光闪烁　蛙鸣声声
他们告诉我记忆中的点点滴滴
我依稀记得　一个懵懂的少年
也是在一个夏天的晚上
一个萤火虫流动的美好的夜晚
倚着大树坚持说自己也是一棵树了时
一双有力的手臂把我举起来
眼睛里流露着深情的目光
从此　那年的月光更皎洁　更迷人

就在这一瞬间
童年过去了，把梦境留下了
青年过去了，把记忆留下了
中年过去了，把脚印留下了
此时　我的心变成一棵开花的桃树
把自已慢慢地融进故乡的一轮明月

让愿望依旧　祈祷依旧
让幸福依旧　美好依旧

那个夏天已经走远了
我的父亲正从容地在北方行走着
远离或者亲近，都一样让我触摸到
亲人的温度。父亲在我的眼里永远是
一盏燃烧的灯塔，把我的思情柔柔地照亮

献给母亲

无论在南方　无论在北方
母亲　你坚贞的形象
让我在忍住泪水的时刻
总是抵达内心成为一种光芒

母亲　你在翘首期盼的等待里
一天天苍老。这样的背景深刻着
儿子的心伤。多少年了，我就这样
行走在你牵引的目光里。却又不能
在凛冽的北风中，为你披一件御寒的衣裳

你知道吗？在默守阵地的日子里
我飞翔中的血液　一点一滴
只钟情于你呵　我亲爱的母亲
因为我知道　我为谁而义无反顾
于是　在起伏的东方地平线上
我的热望、真诚和使命，随一种灵魂曝光

我在远行的路上摔伤
却被你的温情疗养
噢，母亲！我的生活虽艰辛却充实

你的爱，永远是儿子最丰富的营养
家园遥远在他乡，我总是独饮相思的泪滴
独品清冷的月光。于永恒的绿色中
铸造母亲赋予的盾牌　辉煌

我们仅仅握了一下手

我们仅仅握了一下手

在那个时刻　注视良久然后默默的转身

恰如忠诚的卫士伫立在家乡的原野上

依依凝望后，拒绝了一切诱惑

离开了温暖无比的家　踏上兵营的路

于是　起伏的田园里，铭刻一幅深刻的剪影

让游子那寂寞的一颗心　微微颤抖

我们仅仅握了一下手

在那个场合　而泪花分明在你的酒中飞扬

不经意的我端起了酒杯走向夜幕笼罩的窗口

这时，我突然忆起那里曾留下我们最初的真实

那里有阵阵夜风，诉说失落的誓言

那里无数美丽的新娘正款款地向我们的勇士走来

我们仅仅握了一下手

在那个挥泪的季节，我日臻成熟

因为爱情，此刻面对窗外翩然的你的影子

我更坚定了自己最初的感觉

等一场雪

一条河流不辞而别
一层薄雾绵绵起伏，在雪花的指引下
妖娆着一个看雪花飘飞的女孩
柔软、宁静且温馨

天空高远。星辰含露
一场场雨水，在一个个岁月轮回中
湿润了空气，湿润了心灵
每一次蛰伏都是一次激动人心的开场

风无语，雪无言
从阳春白雪到秋水长天
从炎炎夏日到凭栏看落雪，年复一年
万物之灵正一路浩浩荡荡

一朵雪花，看着看着就没了
尘埃是她的域外。一次穿越就像一次重生
一朵雪花，说着说着就哭了
像一场爱。谁是这个季节最美的心跳

中秋月断想

今年的中秋月，比去年的亮
今年的中秋月，比去年的圆

今年的中秋月，穿过风雨沧桑
今年的中秋月，一直在找寻童年的模样

今年的中秋月，从一首唐诗中升起
今年的中秋月，尽是桂花的香

今年的中秋月，是四十年前的那张大圆桌
今年的中秋月，我在慢慢地饮余下的时光

今年的中秋月，依然长出新芽
今年的中秋月，是盛开在心中的一朵莲花

今年的中秋月，依旧从海上升起
今年的中秋月，满是笑声追逐着月光

今年的中秋月，比记忆中的香
今年的中秋月，和我一起在城市的霓虹里徜徉

今年的中秋月，如银子落在我的心上

今年的中秋月，有一团火焰在蔓延、疯长

今年的中秋月，多少人成就婵娟佳话

今年的中秋月，香甜的月饼成为了一种寄托

今年的中秋月，汗水编织着丰收的梦境

今年的中秋月，爱、思念和团圆就在桌旁

今年的中秋月，有更多更美好的仰望

今年的中秋月，我要把祝福递给美丽的故乡

再一次写到月光

月光一次次醒来。深深的眸子里
山一程水一程。飞鸟徘徊着
它们只记得，今夜的月光
依旧是多年前波澜不惊的影子

再一次写到月光。一声声哇鸣
伴着失神的夜晚。谁在用沉默复制沉默
一些事物涌上心头。谁为谁躲藏在月光里
那些渐行渐远的爱，已无迹可寻

失眠的夜晚，在月色中消溶
不可言说的章节，依旧泛滥。或汹涌
总有一句暗语可用吧
缄默的你，在月光的照耀下多么寂静！

中秋的月亮

思念　是一根长长的线
缠绵　如诗如画的月亮

桂花浮玉　夜凉如洗
揽影共酌　多少双失眠的眼睛
结满一层一层淡淡的秋霜

思念　穿越了千山万水
抵达　远方母亲的怀抱

今夜，我只能沉陷。深陷
在风声水语处　握紧一阕词
光鲜一轮渐渐丰满的月亮

时间会说话

仿佛生命的浪花，在等一个轮回
仿佛蔚蓝的忧伤，在等一片月光
仿佛无尽的爱恋，在时光中轻轻走动

一个人，带着一颗宁静且温柔的心
一个人，心怀悲悯，快乐或忧伤
一个人，守候一个梦，以飞翔的翅膀

仿佛不朽的灵魂，带着理想主义的灯盏
仿佛无数纯情的花瓣，酿成如水的心事
仿佛丰盈的笔墨，在天空里恣意烂漫

时间会说话。一个人只有静默地
守住文字的幽香，在烟火人间苦苦地修行
才能在纪念日里，守住最后一滴滚烫的泪

一个人，就是一朵自由行走的花
仿佛神的召唤，仿佛栖居的芳名，缠绕
爱的乡愁，变成一轮白胖胖的月亮

落日不悲伤

霞光散去，倦鸟归林
一片片叶子，随风飞起又落下
远处的鸟鸣声，一粒一粒数着悲伤

感叹流年，英雄总被雨打风吹去
渐起的秋风中，万物静默如迷
我身在尘世，一颗心却在尘世之外

长河落日，秋水长天
无形的火焰，在花开花落中冲撞
饮一杯烈酒，我把落日想象成凤凰的样子

岁月如歌。从日落到日出
年年经历春生，夏长，秋收，冬藏
只为遇见炊烟，遇见彩霞

离不开鸟语花香，就在鸟鸣声中蛰伏
所有的沉默，只为在你的羽翼下
生根，发芽，开花，结果

月光落下

月光落下，我剥开一段流水
临窗的风，再次把你的长发吹起
记忆，随着时光又老了一个年轮
星星在夜色庇护下，纷纷逃离梦境

今夜，月亮走，我也走
今夜，那芬芳和滚烫的话语心上流
今夜，饮酒赏月。有月亮的地方就有中秋
今夜，如何再一次让心灵飞渡

月光之外，你的目光在云端
那轮团圆的中秋月啊
总是穿心而过，把思念与祝福留下
"你说，我们在一起多么美好！"

今夜，秋风吹薄了蝉鸣
今夜，时光载不动对你的牵挂
今夜，人间还是朝朝暮暮
今夜，桂花树下流淌了一地的温柔

月光，是浓浓的乡愁

一定是月光吸引了月光
一定是月光被人间蛊惑
一定是月光磨亮了太阳的光芒
一定是月光讲述了人间的情话

每一缕月光，都悄无声息
每一缕月光，都释放浓浓的乡愁
每一缕月光，都有一个久久的芳名
每一缕月光，都栖息在亲人的身旁

月光，总是沿着风吹过来
叩开思念的心扉。吹拂一池秋水
月光，是人间的一件瓷器
一辈子，奔跑在思乡的路上

在时光的缝隙里蛰伏

记忆，在时光的缝隙里蛰伏
老，或不老都已一样成殇
唯有爱，或疼痛，在仰望中徘徊
长出苦涩。而秋风与月光在草原上恋爱
它们潜伏在我的文字里　不愿醒来

这是一对幸福的蝴蝶
跳跃在遥远的时空里，蛰伏于更深的芳草地
这个季节，甜蜜、温柔和狂野
怎么能成为同一个形容词
我躲在雨水的滴答声里。等你从远方赶来

你从远方赶来。雨水已泛滥成灾
唯一缕鸟鸣，不动声色地藏在我的文字里
我知道，这一程山水，我已走成寂寞
谁还记得你的美丽和飞翔的样子
我只有依偎着月色，遥想着你的千娇百媚

穿越斑斓的时光

时间就像流水。让我再一次驻足倾听
流水并不孤单。孤单的是我的心情
生命中，那些点点滴滴的忧伤
搀扶着泪水　穿越斑斓的时光
在流逝中　明媚如诗　如幻
秋天　大地铺满金黄的落叶
让低垂的眼眸　蔓延一季的相思
那些曾经缤纷的梦　却一直不停地
在心头缭绕。在这漫长的夜晚
它飞翔或歌唱，都表现出平静而安详
是的，我怀念过的一场雨，刚刚淋湿
一季的风景，便有了秋天的写意
流水虽无语。一样创造精彩、神奇
美轮美奂与巍峨。它在青山绿水中飞翔
已经浓缩成一幢巨大的惊叹号
今夜，我再一次倾听时间与流水
的和声。任渐凉的秋风、秋雨、秋绪
再一次穿透月色和灵魂
在更深的寂静中孕育秋天的诗篇
任一枚乡愁在思念的词语里发芽、生根

灰喜鹊在飞

灰喜鹊在飞。阳光穿过云层浅浅地笑
哞哞的牛叫声，举着鞭子
此刻丰盈了乡村多少美丽的风景
恋歌，渐行渐远。落叶填满乡愁
扯起心中彩色的旗帜

灰喜鹊在飞。从清晨的潮汐开始
就种一湖的月光吧，澄澈那九朵青莲
霓裳的羽衣呵，在江南的舞台上眉目传情
恰似一朵妖娆如艳的后庭花
我的春天是否在下一刻抵达你的江南岸

灰喜鹊在飞。明亮的歌声来自哪里
喜鹊的嘴唇，在葱茏的绿色里疯长
也是一种幸福。稻谷依旧在阳光雨露下生长
还有那玉米，土豆，萝卜，油菜，向日葵
在田野上点燃炊烟站成永远怀念的姿势

灰喜鹊在飞。天空的镜子被白云擦亮了
我的目光朝着你的方向，依然坚定
一只蝴蝶，悄悄地擦着暮色飞翔

它依旧在弯月上寻找你的名字
然后左手按下烛光，右手撩去爱的风沙

灰喜鹊在飞。湖水裹着轻烟自由自在
时光在路上，与一瓣火红的玫瑰相亲相爱
我抱着夜色　抱着闪电　抱着灯火阑珊
跌入黄昏的绝唱。夜色无法安放
只有目光抬高我的天空：生长骨骼与疼痛

在或远或近处行走

就这样，你们渐行渐远
海边的滩涂。在沉默中，远离人们的视线
它的孤独，在海水的光焰中
行走着，或远或近

大海总是悄无声息地行走着
更多的时候，它停留在时光的表面
看不见它的汹涌澎湃，它的惊涛骇浪
它沉默不语的样子，在更深处
或是更远处，割痛了共同的沧桑

春花秋月。当我们转身凝眸
一切都变了啊，你不要抱怨也不要惊慌
行走的大海和内心深处的行走
告诉我，生命的又一次轮回，又一次飞翔
从寂静的歌唱中，渗出美丽的水花

已经无法改变。火焰升上天空的地方
我们已看见了海边的芦苇，在纷纷扬扬地
起舞。起舞。它们用最动人心弦的语言
和大海说着无边无际的情话

今夜，有太多太多的灵感啊
我想把它们一一记下
能不能让这些长出羽翼，长出种种理由
飞回到原来的地方，恢复到深思之前的样子

远处是行走的大海和在风中行走的芦苇
近处是我沉默不语的梦境，还有凝视的光芒
它们使我沉睡多年的笑容，在刹那间凝固
我在更远或更近处，与它们相互陪伴着
一起倾诉一起守望着，春暖花开的日子

爱的故乡

爱的故乡。有一只吉祥的水鸟在湖面上飞翔
我又仿佛听到怦怦的心跳回荡在浩然的浪涛里
我想以这样的方式靠近你。让我的爱
再一次回到故乡。回到你的身旁。再一次
绽放生命的多恣多彩

爱的故乡。也吹拂着我心中——爱的四季
让炊烟、乡愁、草地上的露珠
晒于你的热恋之上。哦，我的故乡
打开了温柔的月光。闪动着雪亮的翅膀
在我的梦境里，把我的寒冷一遍遍照亮

寄一幅水墨的淡雅给你。寄一阙爱的新词给你
故乡就在我的眼前。就在灯光下桨影轻波的风中
就在我的泪水抵达的词语里。我曾经的爱情
在抵达你的诗篇里，宁静而清澈地——闪亮！

哦，我的故乡，是爱的故乡，是深情的故乡
你知道吗？这个季节，我只想和故乡一起飞翔
我想还有什么理由，比爱情重要，比故乡重要呢
所有的执着与坚守在一片烟岚里都将静寂与淡然

爱的故乡有一只吉祥的水鸟，依旧在湖面上飞翔
我只想这沸腾诗句的血液，一定是爱情的闪电
必须找到它的光芒。它温热了故乡的滩涂、花香、鹤影
一定以爱的姿势，再一次在故乡绽放生命的气度

滩涂的雨

滩涂的雨，是燃烧的雨。温暖的雨
我的眼睛燃烧在我的滩涂里，一遍遍游弋
我的血液燃烧在冻僵的滩涂里，一次次惊厥
因为乡愁，多年前的誓言站在一种风景
燃烧的我和滩涂的精灵们已成为友好的邻居
并和它们相互取暖，默默相守

滩涂的雨，是燃烧的雨。梦想的雨
那时，我看见所有的雨，正在路上狂奔
正在异乡的梦里轻轻摇曳、飘落
所有的幻想与憧憬，正在远方轻轻欢笑
它照亮了所有的滩涂。所有的雨滴柔软一次
我的心就为滩涂柔软一次。燃烧一次
所有的季节。所有的相思。所有的炊烟
也正在我燃烧的滩涂上盘旋、飞奔！

滩涂的雨，是燃烧的雨。甜蜜的雨
仿佛所有的颜色都带有金黄色的羽毛
它们在轻轻地飞。在轻轻地吟唱
所有的声音都带有甜蜜的香味儿
沿着黄海的涛声缓缓而来，又缓缓而去

而所有的文字，在这一刻都流着幸福的泪
甜蜜的泪，激动的泪，或欢呼的泪
它们喜欢成为雨的形状倾泄在我梦想的滩涂上。

滩涂的雨，是燃烧的雨。怀念的雨
所有的雨，都成为我的记忆，闪着灵光
一次次疾行在辽阔的滩涂上。成为滩涂的美
滩涂的丽，滩涂的景和滩涂的旖旎风光
当我跋山涉水来到这里，我的眼前是一片生机盎然
我知道所有的雨已成为茁壮我生命的雨
而那些流经我身体的雨，也正随冬天的风悄悄隐去！

滩涂记

那一刻，我相信
滩涂上的脚印是疼痛的
海风就像是一把无比锋利的刀子
思量着，该从何处挖出我的心跳

一只只白鹤震颤着肢膀
在远处盘旋着。身体似乎越来越低
它们的叫声，让天空更加孤独
最容易勾得滩涂上的草木更加消瘦

蓝天白云下，飘扬的芦花
就像滩涂的旗帜，在平原与大海之间
怀惴春天的梦想，腾起燃烧的火焰
让周围的世界瞬间姹紫嫣红

滩涂上，那个正在大声吟诗的人
哪一句诗最惊心？哪一句最抒情？
凭栏处，五月正浓。麋鹿远离战争
每一个笑靥里，都有泪水的痕迹

滩涂的月光

秋天还远，我的目光
依偎在滩涂的月光里。溢满清澈的水声
滴答，滴答，碎成一地的银子
在仰望的文字里，照见昨日的苦难

滩涂上的月光，已蓄满
一生的露水。但它不停地追赶着太阳
岁月，用柔情诵读它的前世和今生
并固守着它千年不变的承诺

没有月亮的夜晚，依旧漫长
越走越远的是我们的故乡。一年又一年
滩涂就这样沉默着，这多像一个人的悲伤
但不管如何，我们的灵魂要向远方飞翔

沧海便是桑田。桑田便是沧海
就像月光一样，传递光明与仁慈吧
此刻，我想要说的是，在时间面前
一切都会改变，一切将会重来

为你守望

无数个黑漆漆的夜晚

就这样　为你一个人张望

相思树上的月亮如一瓣橘鲜美

如灿烂的红唇让我痴狂

泪水是唯一能够汲饮的往事

茫茫尘世因为你惆怅因为你失落

无数个失眠的夜晚呵注定无法逃避

一任潮涨潮落冲刷所有的伤痛

所有模糊的记忆呵如约而至

你的背影有许多美丽的方位

咬一口夜色那忧伤的情结呵

宛如爱的长发飘落在我潮湿的心上

其实你温暖的眼神早已告诉我

青春是一笔不可估量的赌注

永远证明枯萎的或许是缘分

但绝不是爱情和誓言

无数个夜晚就这样怯怯地流淌

风为你　忧着透明的忧伤

雨为你　梦着清晰的背影

睡着抑或醒着都是回忆与怀念

在水一方

因为多年前一部很好看的电影
因为多年前以此为题在台灯下想你
因为多年前那些嫩绿嫩绿的心事
因为多年前美丽的一次相约
小小的欢乐啊　绽放在了我的梦乡

在水一方　在水一方
一个人的窗口　在不经意处打开
让寂寞的背影在雪白的墙壁上摇曳
仿佛在诉说板桥心中的瘦竹画魂
和盈盈泪水里你脱俗的形象

不要告诉我　　忧郁是一种惊醒或感悟
月亮从来都是情感天空的一弯新痕
不要告诉我纠缠的目光
摔碎的阳光、星光和泪光
因为　我只想借助一缕月光泅渡彼岸

第三辑　风中的爱情

风之恋

风，追逐着流水
让春天的烟雨，一路向北漂去
而我把骨头里的痛，血液里的冷
一次次打发　不留痕迹

在这依旧寒冷的春风里
我始终看见自己，荡漾在流水里的
卑微而孤寂的影子
用一首小诗，深刻游子滔滔不绝的愁绪

请允许我　以爱的名义
写下你的名字，你的音容笑貌
并写下弱水三千，只取一瓢
写下抑郁的文字，承受一生的爱和记忆

我不知道，你的离开会是什么结果
但我知道一定要把自己隐藏
周围风声四起，风中的诺言扬起一片帆
我把一些萌动的词，放进旧时光

秋风辞

月光，温柔地蔓延着远方
敲碎光阴。化为雨点　云影　还有落叶
成为这个季节最华丽的伤口
仿佛在诉说　岁月的悲欢离合

落叶季节，秋风不止
思念成愁。你的爱已注定成为风中的修辞
并注定串联起这个诗歌的夜晚　凝结成
汹涌的火焰。在我的体内一次次焚烧

月光，漂白远方的你
注满名词、动词还有形容词
你的笑容缠绕寂寞。总是让我无处可逃
我知道，除了爱——我将一无所有！

醒　悟

突然明白
我就是那个与秋风秋雨对饮的人
红尘中，花开花落
只有这一颗心，还在辗转，还在追逐

白露之后
天空忧郁着，泥土潮湿着
所有的文字叹息着。仿佛每一滴露水
都沾满人间的煎熬和隐忍

桂花洒落
月光，浸湿一地的忧伤
时间的城池，云雾的哀伤，沉默的湖水
都像极了我低缓的生命和忧郁的歌唱

忽然发现
自己老了，心有余而力不足
而那只奋飞的大雁，踩着秋风的旋律
已远离了人间

为 你

为你，我在故乡的炊烟里
将月圆的日子，数了千回？还是万回？
每一次，我都以为自己就是那一缕烟雾

为你，我在乡愁的声音里
将挚爱一生的你，描摹了千次？还是万次？
每一次，我都以为自己就是那一阵风吹过

为你，我记忆着生命中的一点一滴
在每一个清晨我等待消息，在每一个夜晚
我收藏爱恋。唯有你让时间忘记流动

为你，我收获着一生一世的爱恋
月光多么奢侈。倚坐在柳宗元如歌的词令里
我在秋天的国度里脱胎换骨，以蛹化蝶

遥远的你

在半明与半暗之间
在海水与火焰之间
在日落与月落之间
在起点与终点之间
你渐行渐远

赤裸裸的精灵
高举起昨日的荷花
你又一次如风来临
赐予我水、盐粒和神情
环绕成一种听觉、视觉和触觉

啊，遥远的思绪遥远的你
你看到了吗
一场内心的风暴
在这个记忆和失血的夜晚
我比我的影子还要散漫、无边！

等你（一）

你是这个季节明眸皓齿的女子
牵住我灵魂的手指
敲响我如山似水的寂寞
让我在期待你的冬夜
一个来回又一个来回

淡淡的日子长成静候的菩提树
融化了多少或深或浅的背影
因为等你　时间悄然流逝
那一片月色敷在我的伤口之上

蓦然回首我的世界多了一缕芬芳
朝花夕拾的无奈掺和着古老的沧桑
因为等你　燃烧了心痛的感觉
梦中的伊甸园很近
人间的伊甸园很远

天边海边　潮涨潮落
一个孤独的灵魂拉长了沉思的影子
日落日升　月圆月缺
因为你是我一生的守候

天涯海角

是的，只是一块石头
却是天涯　却是海角
让多少恋人膜拜倾慕
让多少故事遥远心扉
让多少记忆渐渐发蓝

山海有尽　心海无涯
无数思想的果核
就这样激荡在灵魂深处
嵌在宁静的天空闪闪发亮
使美丽的童话插上了翅膀

多少年了　你默默无语
静静地守望在风雨里
仿佛在诉说　在描摹
爱是千年万年的永恒主题
演绎人间多少狂想多少痴情

心如嫩绿　情似蝴蝶
石头在这里出现了奇迹
石头在这里显示了力量

石头在这里成就了高度

石头在这里缤纷了诗句

你是天涯　我是海角

你是太阳·我是月亮

你是希望的桅帆

我是坚强的鸥翎

不管你在哪里

我总要执着地把你追寻……

起初，最后

这是一份灿烂的记忆
坚挺着，存放在无人的岸
倾听情感的流浪
在那年的深秋随着忧愁回荡
你宁静地栖居在我十八岁的心上
犹如一朵美丽的花盏

最初的情缘和最后的苦痛
无声无息已烟消云散
只有遥远的亲切和温柔的怀想
在这寒冷的夜晚
回味爱情的疯狂

起初，你留给我蚕一样洁白的忧伤
最后，我只剩下悠远的情殇
花开花落，一年又一年
谁这样徘徊在我的心上
陪着我的诗歌和灵魂回乡

风之语

风，再次从我眼前降临
把我从孤寂的天空中惊醒
一群白鹭盘旋着。不肯离去
我囚在白草起伏的渡口，一天天苍老

多年前的誓言，早已消失在春风里
如今，我只能站在城门之外
用春天的云烟，燃烧着我瘦弱的躯干
用深不可测的漩涡，度量
那些难以言说的界限，抑或距离

我心疼我的喘息。心疼那脆弱的神经
心疼我的泪水。心疼我的一次次失眠
我怅望着天。怅望着地。怅望着远方
赠一片幸福于路上。让风庇护你
成为你，诗意的行走方式

在嘶哑与纠缠的风声里，我终于逃离危险
让所有的晦气，踩在生命的脚下
然后把每一个路口，想象成与你邂逅的地方
当然还有更多浪漫；潜伏在你必经的路上
我相信一定会芬芳出新鲜的词语与人生重量

致爱情

仿佛风的姿势
或抒情，或缓慢，或匆匆，或慌里慌张
赤、橙、黄、绿、青、蓝、紫
它们同聚在一幅画里。多么寂静、美好

以十万里春风为栖。在云深草低处
在水天一色的苍茫中——尖叫吧
每一滴雨水里都豢养着一场秋风
只等一场更深的雪，从它的眼睛里飞翔

人在画中游。岁月的帆穿过风雨
在另一个世界里，唱一树花开
一行行白鹭飞过流云。闪亮行程
回首中，有多少人像我一样向往晴空

月色朦胧。我的生活只有奔跑啊
但也会在梦中轻轻哭泣，更多的时候
一想起那双黑色的眼睛我就开始惊慌失措
哦，那些相爱的时光，多么幸福！

凝　望

爱人，这些白纸黑字的诗歌
就是我对你深深的凝望
你知道吗？我的泪水
就像弗朗茨·维尔弗尔的《歌》
燃烧在那芬芳的血液里
浇灌着梦中的伊甸园

爱人，你知道吗？
多少次凝望
约翰·沃尔夫冈·歌德在《给丽娜》中
摘下紫罗兰把钢琴弹得激越地响
多少次凝望
弗里德里希·席勒听到云雀飞啼
深情地编织了《台克拉》和《异国的姑娘》
多少次凝望
亨利希·海涅说：
"哦，不要发誓，只要接吻！
"我相信你会永远爱我
"而且比永远更久地爱我！"

又是多少次凝望

卡尔·马克思在《致燕妮》中
虔诚地说让我的日子勇敢地奔流吧
并誓言把自己真诚的生命献上

爱人，你是否明白？
迢迢千里隔不断你熟悉的声音
漫漫人生挥不去你离去的倩影
今夜的我坐在这里等待、等待
行星多么美丽！
我走近过去的过去　你离去未来的未来
在《忆玛丽》中
贝托尔特·布莱希特还告诉我
在我的头上，有一朵久久恋视的浮云
她非常白，高得惊人
当我仰望时，她已在风中消逝！

等你 （二）

在宋词中　等你
已成为我生命中的一种境界
但那心灵上的荒坡
几经爬满岁月不死的藤
总是驾驭我与生俱来的灵感

等你　已没有任何色彩
连起码的线条都模糊不清
总是以足够的想象在梦中醒着
毫不夸张地掩盖了我生活的倦容

季节之外，一朵最后的玫瑰
在静静地构思一轮美丽的月亮
你的笑容，缤纷我的灵感
仿佛在说我要为你而永不言弃

等你　等成一株寂寞的梧桐
阳光、空气和水
让我坚持、执着、深刻并且从容
此刻，我想对你说
等你，是我唯一的美好语言

今夜，我遇见了你

今夜，我遇见了你
月色朦胧，书籍零乱，有点虚无
我无法入眠，点燃一支烟
试图让那忽明忽暗的烟火
替我说出内心的不安和焦虑

今夜，我遇见了你
芦苇摇曳，水鸟鸣叫，灵魂远行
所有的羽毛在身体里飘飞
我血脉偾张，你如火的眼睛
扯着我的灵魂一起放纵

今夜，我遇见了你
红的玫瑰，白的玫瑰，黑的玫瑰
飘起又坠落，坠落又飘起
轻轻旋转的你，一次比一次美丽

永远轻柔的脚步声

在每一个梦的路口
总有你轻柔的脚步声
在每一次心的约会之后
总有你芬芳的气息伴我而眠

无数次吻别你，远离你
唯有今夜你说不再
红红的烛，遗落在
你轻盈的脚下
那份灿烂的记忆，你要
存放在无人的岸边吗
或者，让它藏在洁白的羽翼下
成为秘密
所以岁月悄悄地蹉跎着
淹没了你轻柔的脚步声

噢，你的脚步声
轻柔得让我惊悸
每一个伤痛的口子
在你温柔的抚慰下，渐渐愈合
发生奇迹

而最最清晰的是你那一身
亮眼的白衣呵
只有它轻盈地飘啊飘
飘在我昨夜的梦境里

什么让我泪流满面
什么让我心动万分
那是天使款款的脚步声呵
永远轻柔的脚步声

遇见你

遇见你，就像遇见彩虹
那些点点滴滴的思念，像是旋转的风车
古老，风情。从遐思中
在鸥影消失的地方。书写一个个亲人的名字
它，向远方延伸一种姿势——

看不见的，是时光的泪和背影
我的想象第一次这样饱满。河流穿过黑夜
穿过温柔的抚摸，光芒四射
那些纷飞的羽毛，液体中滚动的石头
已经过我的梦顺流而下

白鹭就像一个使者。我的思念
辽阔无声无息的忧伤，在你的岸边彷徨
唯有心是孤独的猎手。仿佛一无所知的
沉默和伤口。苦涩而绵长
不管如何，我只能追寻你的背影深情地凝望

透明的忧伤

一朵花在夜空中，悄然绽放
透明的忧伤在体内徘徊。扩散。深入骨髓
雾正升起，我的内心掩不住杂乱的脚步

清瘦的月色，一次次潮涨潮落
我吃了人间太多的米粒啊，却不能
留住那片有雨的云。只能小心翼翼地守候着

一天又一天。随着时间的流逝
我爱上了落寞的芬芳。就在忧伤的火焰中徘徊吧
我相信，一切都会朝着爱的方向

一座座远山，从茫茫的大海上飘移
蔓延的情绪为透明的忧伤导航
只有窗外的雨声，呻吟在一块无言的崖壁上

爱情列车

冷风，吹乱我们的爱情，注定这一次
一别就是一生。一次旅行的记忆
穿越今夜，在雨中游荡

我的爱情在列车上，在云朵深处
排成纵横捭阖的诗行。上一部分是落日
下一部分是大地震颤的心房

电话和邮件泛滥成灾。却无法连接
在黑夜低语的人，困惑在最深的苍茫里
我们的身影，注定在尘世中赶不走惆怅

就在书中，修炼一颗超凡脱俗的心吧
我们一起听雨，赏花，吟诗。并畅饮
天边的云朵，幻想在心中长出爱的菩提

一只只白鹭，在灵魂里飞

芦花白了。菊花黄了
八月的桂花，仿佛被月亮洗过
蓝天白云下，只有沉醉的秋风
只有爱，像一棵发光的树

一年一度，谁在秋风里追赶落叶
风起时，心里总能长出
不一样的树，不一样的叶
留下深深浅浅在一起的时光
而爱的白鹭，像不甘的灵魂在穿越

月亮，从水中再一次升起
这个世界，我还有什么不能放下呢
当爱的天堂一片漆黑时
一只只白鹭，在我的灵魂里飞

绿皮火车急吼吼地向远方驶去
此刻，我已进入异乡的夜
好在，我还可以借着月光为你写诗
黑夜为爱活着。没有纠缠。没有决绝
只有月光。只有你。一路陪伴

蓝色失眠

在闪电的原料中
美，总是在孤独的时刻传染
仿佛你，是梦幻的光，是眩晕的甜蜜
总是停留在令人眼花缭乱的地方
停留在一切美好之上灼灼燃烧

在闪电的灵魂中
你已忘乎所以。所有的词语都流着泪
仿佛从强烈的潮湿
从暴风雨和哭泣交织之地，低低地叫我
叫着叫着，我和这个世界就一起消失了

用什么来记忆爱

它们和刺猬一模一样
爬行着。没名没姓。只能用 26 个字母
变幻黑夜的节奏和速度
让红豆种植相思的月亮

在黑暗面前，我们都是有罪的
灵魂是一只体内放飞的鸽子
不停地被黑暗捆绑。被红豆激活记忆
我的爱被一场无声的大雪覆盖

爱，从记忆里流逝

一地红豆，像摔碎的瓷器在那里哭泣
爱如藤蔓般缠绕千年却无法回眸
忧伤从记忆里流进流出，淋湿了整个诗篇

美好的爱情，在我们的眼里
盛开眷恋。我必须用记忆诉说一夜的相思
一夜的寂寞。只有静静地坐在月光里想你
你是否也会在月光里为我深情拥读
我给你写的那一封火热情书

说吧，用什么来记忆爱
阡陌红尘。唯有月色依然闪亮着眸光
在思念的河岸，透着娇媚和美好
应答着记忆里那张发黄的信笺

风不停地吹

风不停地吹。你就伫立在风的中间
我知道，我的词语已经枯竭。风声如断垣残壁
你的眉头，在风中越拧越紧，翻滚着汹涌的波浪
我撕开自己的胸口，让风穿过我的五脏六腑
发现无数细微的爱，一直潜伏在我的伤口

风不停地吹。你就窒息在风的中间
行走的云朵，赶不走脸上沉重的阴霾。而闪电
的光芒，让我奔跑的灵魂，有深渊一样的寂寞
风暴之后，我就能看到，你演绎的影像
也被无语的风声切割，直至消逝，逃亡

风不停地吹。你就流淌在风的中间
风不想在枝头沉默。然后让火燃烧人生四季
不如把声音放在月亮上，放在云朵上，放在
你奔向幸福的时光隧道。因为那样，我才能还原
生命的本色，让所有的梦都变得更加柔软和温馨

梦中的长发

梦中的长发　在水一方
有一缕思绪久久不能遗忘
于遥远的星光下灿烂的炉火旁
我翻来侧去　却如何抵挡
那比夜还浓还深的美丽欲望

梦中的长发　如月的光华
尽情飘洒　尽情飘洒在耐不住
寒夜温柔的我瘦弱心上
茂盛的情绪呵流淌你黑黑的忧伤
错误的年代曾有一股狂风恶浪
吹散你梦中拥有的长发芬芳
什么样的日子里
你冻结成难言的沧桑
我欲揉碎你用心融化你
却没有那份力量
呵，你的长发终究留不住呀
一如我总不能漫无目的地行走
在不老的路上……

噢　梦中的长发　滑亮　洁净

鲜活如庄稼　动人如瀑布
你撒向夏天的一个黑夜如电网
不敢触摸你更不敢戏弄你
因为　我怕被你触伤导致死亡
如果我伤了　或者死了
谁来为你梳理一头紊乱的长发
谁来为你保护一垄黑黑的庄稼
谁来欣赏我梦中美丽的新娘
我要等候你一生　最终
让梦中的你　长发飘飘
飘在我欲望盈盈的心湖上……

呵，梦中的长发　燃烧　闪烁
你是挡不住的美挡不住的诱惑
你无法抑制自已抑制自己的激动
尤其是在　此刻的风中
如果有一天　梦中的长发失落
我将不再思想　因为
我为你活着　我为你活着
成为你一生的守望大使
于是　你不再徬徨
那一头跳动的长发梳洗得滑亮
散发沁人的芳香……
呵，梦中的长发飘飘荡荡
是我最初最真的梦想

海边书

在海边待久了，就学会了沉默
就像瓷器里的时光慢慢地暗了下来
慢慢地活着。习惯了和大海相依为命
并把晨昏拉得悠长、悠长

看，当海浪一浪高过一浪
它飞翔的姿态，就像一朵朵雪花
每一朵雪花，都是一个梦幻
灯火阑珊处，思念与天堂一样遥远

在这里，我愿意写下
一行一行关于大海的诗句
尽管这些诗句可能携带了爱情的闪电
和雷声。但我愿意随心所欲地写

一片片浪花在翻飞。风在瞬间
轻而易举地便深入守望者的骨髓
只有炊烟和云朵仍相偎相依
它们在落日熔金中，打湿我的双眸

海的风声里堆满了沙

在乌云翻卷的天空下
海浪乘着夜色赶来。我看不见海
只看到黑色的飓风里巨大的浪花
它们在制造一个个惊险的故事

失眠的风声，就像一只只看不见的手
在掀动浪花里深埋的石头
我不知道深不可测的大海，为什么
在一堆堆沙子面前死心塌地

我感觉一块块石头在沦陷
海风尽情地吹拂着，我试图用目光
拒绝与沙子私奔。但事与愿违
我把自己变成了风声却堆满了沙

今夜，我只用一个安宁的词语抒情

今夜，咖啡厅里环绕着一支舒缓的音乐
我独坐一隅，守着一个安宁的词语
它似乎与我一样在倾听，内心的喧响

音乐，呈现层层叠叠的忧伤，或孤独
远方。金色的河流。在瞬间发芽
哦，尘世如此静美。击碎了夜晚的灵魂

黑夜就像我的眼睛，时常穿透爱的文字
我的身体里，生长热爱的风沙、海浪
和礁石。淹没从傍晚升起的那道彩虹

这动荡的旋律，仿佛煮沸的水一圈圈散开
就像一个词语，触动错觉。让泪滴晶莹。
再一次从临街车站旁黑夜的窗口喷溅而出

今夜，我只用一个安宁的词语抒情
春天的雪花，悄悄落了一地。驿动的心
轻颤着幻想，在寂静中点燃耀眼的星空

请允许我久久沉醉在你无语的闪烁里

1

十月，我陷入一朵花儿的温柔细语里
在十月。一朵花儿曾经对我说
在你来看我的时候，
你一定要记得和我打招呼
一定要记得给我找一处安静的旅馆
一定要给我找一个有梦，有爱，有阳光的地方
最好是方便你随时随地就能找到我的地方
因为你知道，
这座城市是我们热恋曾经开始的地方
这让我在相约的季节里
有了一丝隐隐疼痛的滋味
并对一朵花儿的简单要求陷入一种莫名的恐慌

当我说出这些想法的时候，
梦中的一朵花儿
正在故乡的屋檐里经受着凄风和苦雨
这让千里之外的我总是为她心有余悸
如同噙着悲悯的泪水，还有些许失落和无助
在一朵花儿的眼里，

我就代表一座城、一间房

甚至一个港弯、一个温馨的家

能避风挡雨，能有和别人一样简单的生活

从此我心神不宁。我陷入一朵花儿的温柔细语里

等待一个能救我于水深火烈之中的救世主

将我的一层层焦虑撕去。还我幸福和安宁

整个秋天。

我一直就这样无法睡眠无法安然

不仅仅是因为她的到来，

更多的是因为自己无法安然

帮助她如何让她一点一点地摘掉身体里的暗和纷扰

如何将她内心的波澜、困顿的情感及燃烧的血液

在黎明到来前，如纷飞的落叶一般，

一切归于平静。归于灰烬。且让流水卷走我的全部哀愁

我要让自己的情感碎在你必经的第九个路口

我要在你到来之前做最好的自己。

做最高贵的自己。呈现出不是最美

但却算是最清新、最脱俗、最优雅的形象

2

在通往十月的途中。

从故乡的秋天出发到达浙江温州，

到达福建厦门。

到达梦中的地方

我风尘仆仆，一路上醉眼蒙眬。迈着诗歌的步履

从一个洞口穿过另一个洞口

从一个隧道进入另一个隧道

我的身影湮没在江南秀丽的句子里

颤动着秋天的血液和魂魄。

我再一次虚脱了自己。在更深处的时光里摇曳

我再一次醉倒在你芳香的词语里。

再一次以诗人的目光

仰望你。审视你。

在你长满青苔的记忆里，捡拾一段

南方的神韵。捡拾一串火红的时光。

让秋风掀翻绿肥红瘦

直到眼前无边无际的暮色四起，

直到一条茂盛词语的河流

被风吹干。被无数的眼泪于红尘中湮没

然后，静静地看一只飘飞的蝴蝶。

在南方的想象中

让相思绝体而出。让疼痛溢出翅膀。

在孤独中绝尘而去

今年的秋天

就像是我身体里抽象的箭。

或是注定不安份的词语

轻轻一拈，就已经感到它的疼痛。

就已经感到无数只思想

的蚂蚁，在思念的词语里爬行。

在我的胃肠里翻腾

我轻轻挥一挥衣袖就带走了你的云彩。

你的秋天气息。

不管是疯狂，还是痴迷，

我已经感觉到枯黄并没有一点绿意

尽管南方的美景，

南方的气息，南方的词语，南方的酒精

一次次麻醉了我，一次次吞噬了我，

一次次折磨了我

让我体无完肤。

而我依然，需要被燃烧，被熔化，或被熄灭

就让我再一次醉倒在秋天的词语里。

再一次虚脱自己！

3

这个季节，秋天是最美好的借口和行程

也是最美好的一串动词。

并以文字的方式美丽着你

我的内心始终有一团火焰在为你熊熊燃烧，

并注定将会吞噬你的脸。

还有舌尖，并抵达你多情的魂魄

它不需要你开口，也不需要你回避，

更不需要你同意

已将我窒息在无人的岸边。

我爱你，已经爱得筋疲力尽

爱得天空发黑。

那就请允许我发烧的秋天，再一次无语

再一次柔情。

多少年了，我沉醉于这秋色的深与甜里

沉醉于一段难忘的旧时光，

沉醉于一杯浓浓的咖啡里。

让时间沉沉浮浮。久久不愿离去

这个季节。秋天是最美好的盛开与憔悴

也是最美好的一串名词。如果细探与深埋下去

那就让秋天的花朵将我的心装满。

或将我的心情装满

或将我的身体装满。

使我能足够有力量自己主宰自己

并能使我陷入秋天的温度和气息。

或者陷入一种落叶的深与碎。

或者让我拥有特别的第六感官

模糊的想象。

让一个秋天的影子开始泛黄，陨落。

纵使你有刺，有毒。

我也要勇敢地走近你

我相信，你会注意我，也会饱经风霜地爱上我

更会毫不犹豫地跳上秋天的行程跟随我的步履

那我一定会盛开给你看，

多情给你看，美丽给你看

请允许我这样，久久沉醉在你无语的闪烁里

我相信将有一万种风情为你而呈现

这个季节。秋天是最美好的状物和写意

也是一串很不错的形容词。

在我的目光里

因为有你的温柔和笑容，

始终袅娜着秋天的诗行

始终以鲜活的方式，缠绵一段金色的童话

始终以仰视的方式明媚我的十万里天空

天色渐渐地暗下来。

秋天的眼帘里，我的记忆力

再一次次被夜晚模糊。因为一场如泣如诉的秋雨

我有点不知所错。还有点失魂落魄。

我只是秋天的一场梦。我只是一缕过眼云烟

用最细微的声音，告诉自己：你是这个秋天

最贴心、最温暖的果实。必将轻盈而来，华丽而去

请允许我就这样久久地沉醉在你无语的闪烁里

每一朵花儿都会从容绽放

每当我在炎热的盛夏
看着那些着了火的凤凰，醉人的石榴
挺拔的美人蕉，稻穗般的菖蒲花
结了果的紫藤花，还有白银铸的茉莉花
我总为它们绽放出的五颜六色而激情四溢
因为我知道，每一朵花儿都会从容绽放

沿着一池一池的荷，是通幽的曲径
你看，那荷的叶子亭亭地伸出水面
一根根细细的绒毛自信张扬地舒展着
青春的气息和青春的旋律
白色的花，素净如未施粉黛的邻家女孩
红色的花，没一丝羞涩，却在热烈地看着你笑

而那粉色的花则更娇羞可爱
它宛如"倚门回首，却把青梅嗅"的纯纯少女
清雅的黄色，恰如花瓣丝绸般娇滴滴
紫色的、蓝色的花，透出神秘、幽静
那高贵的颜色，却不染一丝人间气息
还有那繁花落尽，结出的碧绿的莲蓬
骄媚的神采仿佛就是夏天的传奇

其实，最令我心动的
却是那开得迟、开得慢、开得宁静的莲
千瓣莲很美，因为它的平和、静寂和神韵
更因为它比人间每一朵花都绽放得高贵从容

秋天里，端坐着一个美丽的你

这是轻轻一唤
就能从风、雅、颂里走出来的那个女子
这是轻轻一笔
就能从一幅桃花邬里走出来的那个女子
这是一层层、一瓣瓣隔着的光和影里
从八月、九月连着十月的眼眸、唇和额头
悄悄地走过忧愁结满思念的那个女子
这是一次次、一片片蔚蓝色的梦和岸边
我眼睛里燃烧的那个旋转的秋天
和热恋着的一片片火红的枫叶

这是一段旧时光。从里到外
我看不见，看不见你心中的呼吸和痛
甚至看不见你隐藏的半点痕迹和色彩
我只知道一遍遍地说我爱你！我爱你！
你就是我静静的、无言的岁月里
一种体内的香。一种淡淡的美
你就是我此生的快乐和忧伤！

今夜，我和西部的秋风一起失眠

一枝枝桂花在月夜中沉浮。摇曳星辰
摇曳着那个山弯弯，水弯弯
一朵朵葵花明亮我的视线。闪烁神灵
闪烁着那个美好传说的联子岩，山娃岩
在故乡的小河边，与西部的秋风一起缠绵的
还有鸟鸣。还有流水。还有流云。还有你。
一只只秋虫在我的门窗外不停地叫唤
这叫唤，让我住进你的内心一次次安静柔软

今夜，想你不需要那冒着热腾腾气息的诗行
更不需要我一遍遍说出对文字的热爱和执着
今夜，我只想让你沐浴着这菊花般的清香
和着和煦的秋风。与季节派送的清凉
然后让我在一缕缕炊烟中。在黎明到来之前
在你的身旁甜甜地响起鼾声，响起流水声
响起十个海子用一只嘴唇摘取另一只嘴唇时
不停地说：萨福！萨福！你在哪儿？

今夜，青海湖不远。爱情不远。姐姐不远。
今夜，我和你一样在德令哈。只有美丽的戈壁
今夜，我又想起蓝色远方的四姐妹

今夜，农业只有胜利，战争只有失败

今夜，我忍受着烈火，也忍受着灰烬

今夜，你使我想起惆怅的故乡，温情的故乡

今夜，我的内心藏着一只野兽

或一只装满了破碎诗行的空杯子

今夜，让烈火的车子在空中旋转。在天上飞

今夜，黑夜比我更早睡去。我和秋风一起失眠

今夜，黑夜是神的伤口。你是我的伤口！

不可言说

这纯粹是一个幻象
你看不见我，我就在那里。在一束光晕里
无拘无束。如道路的使者。我的形象
叫自由。沿着风摇摇晃晃地行走

该如何描述？让我在时间里取出琥珀
或取出一个多情的夜晚。奔跑，或倒立
都不是我的意识。但我愿意写下一句
美丽的谎言，像一朵花呈现出未来的未来

更像一些承诺。一些人，一些事
一些经历，一些得失，一些叹息，一些泪水
在一次次浮浮沉沉中遗失，或漂浮
道路继续在旋转。时间蜕变成了白纸

爱的温柔

滴滴温柔的雨丝
是从这个午夜开始敲打窗棂的
调皮的精灵们　一下又一下
又滴滴答答地叩醒了我的梦境
更有许多感觉
在月晖下苏醒。并蓬勃起来
让我在无边的月色中触摸
一份温柔。一份记忆。一份丰富

生命中。不知不觉有一些感觉
正在寂寥的红尘中慢慢地消失
也总有一些很重要的事情
被五颜六色的生活慢慢剥离和腐蚀
那么无声无息

月色中，那是一张多么幸福的笑脸
正像花朵一样热烈地绽放着
梦幻里，就像黑夜里一团熊熊燃烧的火焰
在温柔的无边中成为
一种执着、一种温馨和一种向往
香甜着我的初恋爱情

这一次

这一次

见了你，我就这样暖暖地站着

一滴泪从你的心里飞进我的心里

是多么的利落

这一次

月色从我的血液里温柔地爬行

风一吹，你便从我的眼前慢慢突起

以微笑姿势书写坚强

这一次

你姗姗而来

不用诗歌和音乐

就让岁月情感在你的梦里轻轻疯长

这一次

疼痛粘合了嘴巴

我已不再用语言说出对文字的热爱

只让尖叫抵达内心的幸福

这一次

我们的夜晚走着走着

就亮了啊，灵魂的庄稼一半是坚守

它们告诉我要把你作为一生的口粮

寂寞的夜晚

我只有在寒冷的时候才来到这里

我只有在想你的时候才发生奇迹

月光，似银。寂寞的夜晚，如雪

我只有在夜深人静的时候

才开始燃烧洁白、燃烧爱的温柔

因为每一朵寂寞都有自己的芳名

我只有在坠落或飘飞的时候

城市和乡村才开始有了寂寞的夜晚

有的人回家。有的人却无家可回

我只有在歌唱的时候

这个夜晚才有了个像样的名字

寂寞的夜晚。吃的是寂寞，穿的是寂寞

寂寞的夜晚因为有了合适的外衣所以妖娆

夜色中因为有了你，所以才格外美丽

我是水最小的妹妹。却与寂寞争宠

我的心是柔软的。有谁听见这个夜晚

像忧伤的小鹿，在轻轻地吟唱

我多么希望寂寞的影子露出温柔的笑容

七夕何夕

月光如水。远方的你就在这明月的光里
徜徉。旋转。并开始一点点透明起来
一片片月光让我的目光茫然，不知所措
七夕何夕？看不见的晶莹总是绝尘而去
惊飞　一年一年七夕里多雨的云

七夕何夕？月光里，与你有关的故事
日复一日。我分不清
浸泡在我眼中的，是弥漫的雾气
还是炽热的爱的泪水
但我认为，这需要经过沉淀或修炼
才能让自己染上多么白的白
或是多么洁的洁，才能完成多么明亮的诗句
让芳泽四溢，让天空圆满，让大地明亮

呵，七夕何夕？是因为七夕的到来
还是因为你的到来，我的心因此拒绝流浪
我要穿过美好的回忆　秋天中的秋天
才能　在银河中找到从爱情到爱情飞翔的影子
我相信，从这里到爱情的国度并不遥远

七夕何夕？我内心的河流再一次激荡
就像那些从天空飞过的鸟语，写满了惊叹号
又写满了感叹号，再写满了省略号
失眠中，你只是我假想的代名词
在爱情的缝隙中抽咽，或发烧般疼痛
而我却什么都不能给你，你的肆无忌惮的纠结
也只能藏在我诗歌的一滴泪中

桂花开了，月亮圆了，我的七夕到了
你来了，我们相聚多好，多么甜蜜，多么幸福

爱的光阴

像时间轻轻滴落。每次为你执笔时
你的名字，都会在我心跳的文字里缤纷绽放
每逢季节的入口，我只有把灵魂交给这个夜晚
交给这个属于诗歌的光阴

"为什么我们总是对爱心怀恐惧？"
关于爱，我早已经习惯沉默，习惯防备
从前的光阴，远远看着就是一道梦幻的风景
如果你相信，我们还会在温柔的月光下相见

听一首《时光煮雨》作为消遣吧
今夜，那些或浓或淡的往事和来来去去的风景
总是在一遍遍思念里浸润了岁月，丰盈了流年
尽管所有的期待与坚守，抑或凋零

当时光渐渐老去，那些不易觉察的泪水
总是在不经意时打湿我的双眸
感谢那些爱的光阴，它以爱的名义
用一柄利剑为我们的人生剔除了内心的烦忧

亲爱的，你看

亲爱的，你看
我的隐秘，或化身。如同火焰般的词语
让我在最寂寞的高处飞行

我坚信，那些白色的、红色的花语
在秘密交流时，一定会触摸心跳的韵律
于细微处，献出爱的证词
随风飞舞。亦步亦趋

为诗。为梦。为坠落的爱，或失眠的暗语
它们一定会于一点一滴的颤动中
勾引我体内的血液与香气。然后和我一起
从诗歌中撤走，或逃离
时光没有意义

哦，我们的爱！它呈现在具体的表象中
将是多么热烈，多么卑微，或无私
它们站在时间的白发之上
告诉每一个人：活着除了要燃烧自己
还必须越过千疮百孔留下内心的闪电或火焰！

幸福的闪电

月光下的恋人，让时光细软，或安静
所有幸福的语言，都听从指尖的安排
缠绕记忆的链条。它一次又一次地在天空裂响
落入来回滚动的雷声，尖叫成幸福的闪电

鸟儿飞起又落下。野心勃勃的雨滴
无法阻止心中奔跑的马群
一匹，两匹，三匹……它们越过九条街
只为了等待心中那一道幸福的闪电

无论是童话，还是歌曲
此刻，我只听见那一闪而过的鸟鸣
泪湿的光阴里，我甚至来不及如何去表达什么
这幸福的闪电便转眼悄无踪影

闪电是幸福的，也是热情的，香甜的
它常常与雨滴媲美。与疾风缠绵。与秘密交流
藏在我回忆里的那个人，愿你过得幸福安稳
哦，为了你，我一定会奋不顾身

第四辑　如歌的行板

致远方

在这样的季节
小桥流水已经没有了去向
柔和的五月啊
带着缤纷的阳光
正暖暖地向我一路奔来

远方　在我的呼唤里
变得朦胧和忧伤
那些做梦的日子
被我的泪水一次次洗得发黄
柔情万象

又一片温柔的阳光
和一棵小草的力量
让我浅浅地感觉到
在粉黛的江南里
那些优美的乡愁，细细的炊烟
和浅浅的竹丝琴弦

更深的夜晚，我们就这样醒着
那些熟悉而亲切的身影

在故乡的叹息声中
一次次拉长变得那么陌生和遥远
让我黯然神伤

他们　依然在远方
像一块块石头一样
坚守在我的故乡
让我的疼痛
最终有了一丝幸福的感觉

感情的橹

这是一个摇着的梦
摇出了江花　摇出了岸边的柳
也摇出了花月夜
花月夜散发的馨香
被目光铺就的远方　轻轻吟唱

你在远方　你在远方的搀扶下
进入我芳香的液体
变为铁质的橹
咿咿呀呀　永不停息
感受着日月沧桑和花开花落

花相伴　水相伴　多少年了
月枯了还满　风瘦了还盈
仿佛在告诉我
与风雨的每一次抗争
都是一次美丽的相遇

一首古老的歌谣在风雨中缥缈
我不知道　在古老的时空中
在悠长的等待里和缤纷的梦境中

失血的思想　狭长的伤口
还要穿梭多久疼痛多久

其实　那厮守的愿望依旧
就让时间之潮淘出感情的悠远
变成一圈一圈的爱之涟漪
把我的灵魂羽化为一只美丽的蝴蝶
翩翩起舞在思想的花丛中芬芳永远

这个季节

深秋，是深深的巷道
总是在风吹不到的地方飘落

这个季节。我忧伤的眸子
总在阳光与阴暗的间隙穿行
试图找寻你的笑容回到从前

那年秋天。我惆怅的背影
让大地绷着心弦生长疼痛
没有了奔跑的方向

一种久违的声音。从风中传来
这个季节，我身心疲惫
始终被另一个梦境牵引着

雪还没有落下，而我的灵魂
像洁白的花朵在风中次第绽放
幸福和欢乐因此在这个夜晚如约来临

十月之恋

趁十月还没叫出声来
我就开始燃烧云烟，燃烧躯干，燃烧孤独
我要把十月的火焰燃烧成你的半个身子
再把十月的爱燃烧成你的春色撩人

秋风。秋雨。秋海棠。我要在燃烧中
成为祖国的绿肥红瘦。我要在燃烧中
成为春天的鸟鸣或你的十万亩诗行
我还要在秋风来临前种下春兰秋菊的爱恋

让我们一起在十月栽种梦想、栽种美好
让十月的五颜六色努力成为春天骄傲的理由
因为十月高唱：我们的爱与使命被你点燃
因为十月怀惴着所有的忠贞、不朽与荣耀

花好。月圆。中秋夜。我要在燃烧中
成为风刀霜剑。成为英雄。在扫荡一切邪恶之后
让春天的新妆重回大地。更让五彩的花蕾
所有的果实重新在十月绽放出春意盎然的气息

十月，妖娆秋天的思念

你的风，摇摆在秋天的深处。不再寂寞
你的夜，化身为蝶。栖息在月光如水的思念中
你的花朵，穿越时光的斑斓。缤纷在梦里梦外
你的河流，似乎在等待一场雪的到来。成为
秋天的暗语。与你的相思簇拥在一起
成为日升日落。阴晴圆缺

你和秋天站在一起。和云朵站在一起
就是和所有的躁动站在一起。和所有爱的灵魂
站在一起。就是和所有的繁华、落叶、梦境
或离别站在一起。因为只有你知道
秋天的烟雨不会让我们共同的十月宠辱不惊

你如风，如电。不可抑止、不断羞涩我的回忆
我的庭院，在有风的夜晚，一次次燃烧我的等待
成为十月的风景。有时，我们用爱丈量它的悲伤
有时，我们用爱触碰它的灵魂。有时我们只有
用辽阔的秋意安抚并妖娆那些越陷越深的思念

秋天的抒情

轻轻地　把一枚落叶拾起

轻轻地　不留下一丝叹息

岁月与风声在黑夜里缠绵不止

那里总有无畏的生命在低吟浅唱

所有的甜蜜、欢乐和痛楚

叫恋人一直不言不语

轻轻地　把一枚落叶拾起

轻轻地　不留下一丝叹息

时光匆匆中美好的回忆依旧

流连或坚守　感性或理性

我能看到的只是一抹淡淡的秋霜

让心灵读懂了分离的种种滋味

流年似水　花朵遗失在昨天

落叶一次次盘旋却无处归依

而炽热的内心如同火焰一遍遍燃烧

永不停息的是那纷飞的思绪

渴望的灵魂和滴血的守望

仿佛秋天用丰硕的语言在风中叮咛

生命永远有新的期待和新的含义

今夜，一朵菊花开放在另一朵菊花里

今夜，有些恍惚。秋天的诗神
被一只蝴蝶惊醒，被久违的梦蔓延
今夜，秋水在云朵之上美丽荡漾，
一朵菊花开放在另一朵菊花里

今夜，我沉醉在一朵绽放的菊花里
微凉的月色，轻轻将往事提起
借助秋风的笔力触摸菊花的芬芳
多少美丽的诗句在菊花深处摇曳

今夜，我安祥和沉静在缕缕秋风里
把自己涂成流逝的时间流逝的夜
如果这样还不够，就把今夜梳理为
你的罗曼蒂克，让我湮没在你的香味里

今夜，当我的笔尖蘸满菊花的气息
我看见月亮就是你，蝴蝶就是你
我的骨髓里坐着你，我的血液奔腾着你
我看到秋天的深处飞出你黑色的眼睛

记忆中的花朵

这是你的六月。这是你的草地、阳光
和空气。你比我想象中的要稚气，要纯粹
如何在你的心中，长出一朵骄傲的花呢
你羞涩的表情里隐藏了我扉页的誓言
那时，夜晚总是湿漉漉的，就像在水里洗过

天空最为纯净。蔚蓝如密林下幽静的湖泊
我知道我的花朵没有等到雨季就已渐渐枯萎
但我愿意这样等。更愿意为你这样守候
于是，不管如何，我都愿意在这寂静的午夜
想念河边那块青草地上留下的点点滴滴

那一刻，花和青草拥抱，花和露水亲吻
我的梦在你的梦里，你的远方就是我的远方
那一晚，青涩中的笑容点一盏青春的灯笼
就能把我们眼中的彼此照亮——
而我却无情地将你从我的记忆中删除

那时，月光如水，合欢树上没有霓虹
这是你的六月。你蓄满了天空的泪水
为的是等他今生的一个承诺，或理由

那一季，你唯一能做的就是用清澈的泪水
洗涤裸露的灵魂，将点点思念一一撕毁

从此，六月的草地上蹿出一节节愤怒的火苗
那些记忆中的花朵一次次划破冰冷的水域
将你的泪风干为无情之剑。当你的目光落下
记忆冲出时间的缺口，化蝶成梦，成诗
像一朵花，又不是一朵花

今夜，有一群播种的人

今夜，播种的人像个诗人
让夜张开嘴唇。让风穿过身体
每一朵盛开的花蕊开放出夺目的诗行
他绞尽脑汁拉开了神秘的语言拉链
又迅疾退出思想，然后远离一切独行

今夜，播种的人像个物理学家
让量子力学描述抽象思维
让粒子力学探测强子和轻子
它炮制了无限的磁场和前景
又复制了常常隔离的光学半径

今夜，播种的人像个化学家
让所有的元素符号繁衍出绿肥红瘦
和红尘烈焰。让小剂量的暗语
成为雷和电，携带青春的步履
救赎春天的誓言抢占至高无上的位置

今夜，播种的人像个哲学家
让诗歌里的事物成为每一个风景
无论是短暂的存在还是永恒的消失

在每一个春夏秋冬彰显生命的意义
在每一个时光的页脚，轻轻地战栗

今夜，播种的人像个预言家
让我曾经的仰望一度语无伦次。我相信
那些曾经的战栗不再恐慌不再纠结
那些纵深于灵魂的火焰，在我的视线里
也一定会锦绣我们的十万里河山

今夜，播种的人更像个翻译家
不发出一点声响，就让全世界知道
每一个汉语的重量。春天来了
我知道，你总是躲藏在每一缕春风里
然后用整整一夜翻译成春天的果实！

想念一场雪

雪，还在下。经过这么多年的漂泊
这个冬天我终于能停下来、慢下来
静静地欣赏那些不停地纷飞在我体内的雪花
并开始追忆 30 多年前冬日途中的那一场大雪

因为想念。我是对岸那个吹奏萨克斯管的人
在冬天的时光里一次次地流浪。不知所措
一次次徘徊在十字街头。感觉那久久的心痛
在燃烧的火焰上舞蹈。不愿一个人离去

哦，茫茫人海中，我们注定了相遇
但我要怎样才能留住那一声轻念或呼唤
才能在想念一场雪的细节里，绚烂一把琴
将所有的华贵或凄婉藏匿在时光深处

从滴答的虚空到灯影的深处。爱情已将她重塑
雪花旋转着思念。我的忧伤却深陷其中不能自拔
或虚幻。或怀旧。或期待。或绝尘而去
然后仰望未来的每一天都精彩，或快乐！

还有多少雪花没有融化

一元复始，在一串爆竹声中
春风和笑脸已挽起明亮的衣袂启程

阳光升起，一切都在新生。虽然
希冀，迷惘，总是布满在每个角落

就与新生的柳芽一起莺歌燕舞吧
就与新长的绿叶一起放飞梦想吧

我用红灯笼　红帽子　红裙子　红舞鞋
等你来，和你一起谱写新曲和华章

桃花树下，还有多少雪花没有融化
钟声荡漾，相信未来一切都会更好

时光荏苒，今夜我听风吟唱听雪飘零
星空下，还有多少旧事没有彻底遗忘

新年已盛装出场，以幸福的名义绽放
我祈祷所有的美好和愿望都在来的路上

雪的隐喻

雪，落在一朵花上
像一朵白色的玫瑰。落入风中
像一个名字，更像一封封情书

雪，落在一朵花上
像一只洁白的鸟。落入眼眸
像一个隐喻，更像一层层悲伤

雪，落在一朵花上
像一个药引。落入心灵
像一团火焰，更像一种种焦虑

雪，落在一朵花上
像一个词语。落入烈酒
像一次爱情，更像一滴滴眼泪

雪，落在一朵花上
像一首情歌。落入人间
像一轮明月，更像一个个温馨的梦

哦，下雪了

哦，下雪了，下雪了
一粒粒雪花，银一样白，玉一样纯
返回故乡的一粒粒雪花
在今夜欢呼着，像一个个新娘

哦，下雪了，下雪了
一粒粒雪花，张开臂膀，飘飘洒洒
丝丝眷恋的一粒粒雪花
在今夜迷失，拥抱青春更凌乱心扉

哦，下雪了，下雪了
一粒粒雪花，漫天飞舞，生如夏花
悄无声息的一粒粒雪花
在今夜融化，灵魂刻成了闪光的爱

哦，下雪了，下雪了
一粒粒雪花，多愁善感，憧憬美丽
落入心灵的一粒粒雪花
在今夜传递祝福，温暖且安祥

白色的梦

一袭白衣的你，总是悄悄地来
让圣洁的灵魂与洁白的精灵相遇
惊羡了尘世，猎杀了所有的花朵与语言
白色的梦，是瞬间的。梦醒后不再飘零

一袭白衣的你，总是悄悄地去
一边埋藏落雪的痕迹，一边孕育新的生命
梦，从一草一木上发芽。大地分娩
一万只绵羊，在云层里检阅人间

南风吹啊吹啊，它用一口口热气
试图从眼中吹出那一只奋飞的大雁
踏雪归来的你，一字一句地读着判决书
大呼一粒谷子要经历多少黑暗才能光明

春天来了，白色的梦从花瓣上起身
风吹着吹着，就吹起一场茫茫的大雪
雪，落在雪上。不是蝴蝶胜似蝴蝶
只有你在我的梦里越来越寂静，或清晰

我从风雪中来

惊鸿一瞥，时间也上传季节的抖音
北风中，谁能把寒冷从身体里一一躯散
冻僵的叹息里，温暖的灯火结伴而行

我从风雪中来。云和水在天边呐喊
不远处，谁在古老的黄河边漫步、沉思
一年又一年，岁月在这里沉默，或叹息

像一场又一场雪，时光没有杂念
新年的炊烟，已从容地在画面上徐徐升起
雪已融化，请不要惊扰在夜色中回家的人

春月和春风开始徘徊。记忆中
黑暗呼啸而去。只有星星的光芒在闪烁
新的一年开始了，希望在脚下、在路上！

白雪祭

一场大雪，说来就来了
那些因你而来的欢喜和幸福
像一只只飞舞的天鹅
在洁白的尘世里颤抖着忧伤

你我相识在最美的一场雪里
雪，闪亮在你经过的地方
而你的笑容，却埋在远处的风雪里
那里，藏着我全部的泪水和爱

世事沧桑。雪花藏毒
当墓碑被大雪一层层覆盖
我试着从一朵朵雪花的中间退出
却遭遇了一场更大的暴风雪

哦，一团团白雪在燃烧
我在盛大的一场雪里摁着火焰
就像今生的许多情结，莫名的痛
让我一遍遍咀嚼岁月的风霜

写给雪的情诗

雪，在雪中活着。守着一个
秘密的梦。静静地来，静静地去
大地被岁月恣意地漂白，写着情诗
又有谁能拒绝这上苍的恩赐？

无论，你是不是雪的情人
无论，你有没有与大自然预约
上帝都为你准备了一份圣洁的礼物

那是千朵万朵洁白的梨花啊
那是千只万只飞舞的蝴蝶啊
那是千行万行倾诉的情诗啊
那是千丝万缕飘飞的思绪啊

我知道，我带不走你
但你是我眼睛里的火、电或旧时光
隔着山山水水在天空里摇曳

天空之城，繁华若梦
就让我们以大雪为念，好吗？
阳光下香消玉殒，泪水横流
唯有雪是梅的红颜知己

思念的雪

窗外，雪花飘飘。白蝴蝶在飞
谁在茫茫中转身离开？

你是秋天遗失的一枚枚落叶吗？
在冬天，被放逐，被融化

哦，那是大朵大朵的雪花哦
飘到哪儿，哪儿就是归途

这个冬天，大雪的身影
总是弥漫我的视线，让我无路可逃

雪越积越厚。一个个雪的身影
在炉火里，渐渐清晰、明亮

这一生，我用雪花思念雪花
用雪花亲手为你缝制御寒的衣裳

踏雪寻梅

雪轻轻落下的声音。不会疼痛
在通往春天的地铁幸福地激进
一面面墙。爬满季节的心跳
背负时光之重
让洁白的身躯在黑暗中慢慢潮湿
是水，是雾，还是泪珠
让所有的道路朝着家园的方向

一朵朵雪花，洁白着我的想象
在三更时分灼痛了牵挂的远方
我在风雪中飞翔。那一朵朵殷红
为隐遁的灵魂做最后一次哭泣
那样的明月光，那样的地上霜
在一片片雪之上碎成了满怀忧伤
我被你温暖着，就像雪一样坚强

枝头开始光亮。钟声走向远方
大雪深处是我反复叨念的亲人和故乡
漫天飞舞的雪花里，你的身影
伫立在我的酒杯里，一次次清晰明亮
因为有你。那些欢快的文字
总是抵达我的内心绽放生命的光芒

白雪辞

哦，我等这场飞雪已经好久了
晶莹的雪花，落在掌心，化成了泪水

这个午夜，白姑娘敲打着屋顶
吻别月光和星辰，终于露出了笑靥

来吧，听时间说说话。然后一起走到
月色里，记下那不言不语的一朵朵雪花

炉火已被点燃，就请你的故事留下
灯光下，我再倾听最后一遍流泪的情歌

啊，这恍如隔世的白，多么冰清玉洁
让每一个生命救赎的日子都焕发容光

听，鸟鸣伴随着晨曦一阵阵涌动春色
美丽的小城，洋溢着幸福，氤氲着芳香

想起多年前的一场大雪

我想起，30 年前的一场大雪
一直下。一直痛。一直流泪
一片片雪花，落在我的心上
让我的孤寂，一年年发作

下雪的夜晚，我总是静静地回忆
因为这回忆里，有美丽的你
人世间，有多少雪花和祈愿
就有多少美好和眼泪

寒风中，唯有雪散发着光芒
却孤独地守护着备受折磨的爱
一只白蝴蝶，在雪中飞呀飞
就像被遗忘的仙女在风中舞蹈

其实，我多么想走近你拥抱你
亲吻那湖水般幽幽的眼睛
但暴风雪来了，我不得不离去
我不愿离去啊，那里有我珍藏的爱！

你那里也下雪了吗

你那里也下雪了吗
我策马红尘，就是为了邂逅一场雪吗
今生，只有雪的灿烂，亘古流传

那是千年前的雪，也是万年前的雪
雪的清爽，雪的纯净，雪的快乐和忧伤
是天空写给大地的情书吗

一声鸟鸣，让我们慢慢静下心来
无声无息的雪，让我们忘记了相约的时间
雪的世界，多么圣洁、宁静而美好

你那里也下雪了吗
2000 年的第一场雪，在今夜的酒杯里燃烧
有一位天使，在人间写下洁白的诗行

哦，今夜纷纷扬扬的雪落下来
落在眼前田野、树木、河流、高楼之上
也落在远方母亲低矮的房屋上

雪花落在心上，藏着我的梦和泪水

此刻，谁能读懂我的心？只有那只盘旋的鸟

替我叫出魂牵梦萦的爱和远方

雪之恋

跋涉在茫茫的风雪中
只为了见到你。还记得那场大雪吗
一朵朵雪花。用拥抱的方式
亲吻河流，亲吻黎明，亲吻着我和你

一切都无声无息。雪花放飞着梦幻
从天空深处落下来。穿过风雨
你的手指划破腊月，划破夜色
让我们再次有了同雪花的亲吻与私语

那一年，那一场雪，仍在我的眼前
飘飞或坠落，你的名字裸露在大寒中
一次次苍白我的瞳孔。不知不觉就这样
染白鬓发。金银花开满了千树万树

窗外的白蝴蝶还在叽叽喳喳。我必须把
你的名字写下，这样的时光刚刚好
就让我们彼此对望。从寂静中走向美好
远处的红梅，燃烧着幸福的笑和甜蜜

煮一锅黄昏

风揣着燥热的语言走过喧嚣的日子
雨夹着雪为明天预订了一次黑色的包围

立冬之后，天空渐渐老去
云朵渐渐老去，属于我的时光也渐渐老去

恍惚中的我，被少年时的一只萤火虫带去
往事已远走高飞。谁与我一起走过春夏秋冬

我只知道，大地已安排好一桌丰盛的宴席
为我们的不知所措，为我们的怅然若失送行

我已经疲惫很久了。就煮一锅黄昏下酒吧
趁着牙口还好，该吃就吃，该喝就喝

我更知道，一生迷恋你是我的不良嗜好
但我更愿意落入你的圈套，迷失在你的梦中

在文字里起舞

万家灯火闪烁。被你拥有是一件美好的事
但我与你之间似乎隔着一层缤纷的泪

为伊消得人憔悴，衣带渐宽终不悔
我该如何拆开一个字的骨头，在文字里跌宕

山有山的气势与雄伟。水有水的波澜与温柔
因为你，我的尘世落下一场洁白的雪

落叶都是尘世的果实。我是你的一草一木
万物都在我的指尖上张望着，或欢腾着

风起舞的日子，我只是比你多了一双眼睛
你一次次从身体里掏出往事的旧账

春暖花开的日子，我还是一粒鸟鸣的种子
不断繁衍湖水的微澜，生活的烟尘

秋水荡漾的日子，我还是一只奋飞的大雁
在欲壑难填的文字里起舞，或翱翔

一百只夜莺

一百只夜莺

像一百首情诗，在寂静中幸福地鸣叫

一百只夜莺

像一百个梦呓，在月夜里温柔地诉说

一百只夜莺

像一百个词语，在文字里跳跃成火焰

一百只夜莺

像一百片枫叶，在秋风中燃烧化成舞步

一百只夜莺

像一百种思维，在生命的流水里活色生香

一百只夜莺

像一百只眸子，在春色的田野里自由奔放

一百只夜莺

像一百个影子，在朝圣的路上打开翅膀

一百只夜莺

像一百个幽灵，在心灵的故乡独自绽放

一百只夜莺

像一百份喜怒哀乐，在琴键上清晰地回响

一百只夜莺

像一百种纪念，在时光里旋转成最美的绝唱

在人间

烟火，更符合你的外观

沧桑，更符合你的内涵

在人间，我见过太多的花花绿绿

但我只与一只白鹭相逢

在人间，我见过一次次风雨雷电

但我只与一轮明月相恋

在人间，我见过小桥流水人家

只想面对喧嚣的尘世坐等到天亮

在人间，三千里江山逃不出她的影

但我只与一缕芳华相约

在人间，我的一声叹息遍体鳞伤

只愿天上的星辰化为人间的灯盏

在人间，芦苇还在原地生长

只有昨夜的风花雪月已无声无息

在人间，一棵草已没有那么绿了

只有一场暴风雪还会来临

在人间，雪花已羞涩了我的容颜

只有你的笑靥抚摸着我们的每一处痉挛

在人间，诗和远方没有入眠

只愿尘世的美能圆满成一轮鲜红的月亮

谁

谁在廊亭檐下笙箫悠扬

谁在一池水墨的氤氲里种植忧伤

谁在一阕新词里玲珑殿堂

谁在记忆的尘埃里不再彷徨

谁在透明的水滴里亲吻理想

谁在马蹄声碎里思念高山上的格桑花

谁在迷惑的日子里为爱生长

谁在如水的月色下悄悄地摘下一朵花

谁在流年里喜怒哀乐

谁在篝火旁信马由缰

谁在不动声色里让刀锋入魄

谁在摇动星空让夜色变为梨花的模样

谁在穿针引线练习一个个分行

谁在无眠的蟋蟀声中独自忧伤

谁在时光深处各就各位生活

谁在柴米油盐酱醋茶中编织梦想

谁在晚风的吹拂下幸福歌唱

谁在魂牵梦萦的地方说出一朵花的香

谁在炉火的温馨里倾诉衷肠

谁在隔水相望的两座城市让往事疯长

中年书

中年的时光，作为一个隐喻
只能像尘埃一样越来越轻
我是月光中的一滴雨露
不知不觉，成为早出晚归的那个人

尘世否定一切，也在否定着
中年的我们。脚步早已凌乱不堪
我梦见自己总是两手空空
并时常在酒后疯言疯语

中年，是一个不堪的词
或者说，是一个忍辱负重的词
它的宿命，只能小心翼翼地
与一场秋雨保持必要的距离

"没有你的黄昏，我对月当歌
愿意把每一天当作末日来过"
所以，不必问
中年的孤独
和寂寞，其实都是一个样子

中年之痛

该明白了，雪花飞舞时
孤独和黑暗全部留给了记忆和灿烂
而所有的隐痛，却留给了中年的脚步
等待中，梦，像一只只夜莺

擎明月为灯，裁白云作笺
中年的歌声里，一场盛大的雪
让我措手不及。那些不明事理的风
在湖泊上掀起波浪，让我在黑暗中挣扎
疼痛的日子里，谁为我们遮风挡雨

沉默者继续沉默
中年的眸光，承载着岁月的苔痕与面孔
是否以夜的形式，一次次在分割爱
生命总是在泪和笑中一步步成长

摘繁星为眸，披彩云为衣
那时的我们多美啊，曾经挥霍青春
和浪漫，让飞翔的梦泊在一片蔚蓝里
燃烧起刻骨铭心的真情和思念
因为只有这样的夜晚才能让我策马奔腾

中年的倾诉

人到中年，许多事无须解释
时间，是最好的证明
在人生的河岸上
已勾画出一片丰满的羽毛

旷野里，一条条通往中年的旅途
总是被清晨的鸟鸣惊醒
饱满的乡愁，和透明的风儿
像是在等待一场花开

谁的声音，成为夜的使者
让中年的心跳和城里的雾霾
一起弥漫。是谁在漂泊的水流里
让往事沉沉浮浮

时间久了
中年的秘密，已和沙子一同掩埋
又是谁在倾诉。一群鸟儿飞过视线
但，一切已经不重要了

中年的邀约

今夜，一曲《时光煮雨》
醉了江南的芭蕉，痴了远方的星星
在平仄里起落。时光的隧道里
中年的感伤，如同一根长长的枝条

中年，喜欢借助一些青春的词汇
回眸的瞬间。让满腔热血、激情和使命
在我的视线里，蓄满缤纷的泪水
我仅仅是一张薄薄的纸片，或云朵

雷声隐约其中。寄托一树的梦想
落在有月光的河面上，是多么美妙
细数着远道而来的脚步声
人生沟沟壑壑，观照着我们的前世今生

呵，尘世间，该有多少焦虑和无助
在演绎丝丝惆怅、迷惘和所有的霾
只记得在有月亮和微风的晚上
有一片树荫，以另一种形式将我们邀约

我是秋天的一支芦苇

九月的堤岸上
疯长着蔷薇，紫藤，及被风高举的芦苇
那些鹅黄的，浅紫的，火红的，洁白的花朵
就像一个个人间的精灵

一只只蝴蝶
在花丛间随风飞舞。在流水间吟唱
河水懂得我的心事。我是秋天的一支芦苇
把所有的草木，都吹出了气势磅礴

芦花，一夜一夜地飘飞着
就像是一个人的名字。只有九月的河岸
一天高过一天。只有迁徙的丹顶鹤
把一只脚交给芦苇，一只脚交给河水

一朵朵流云，包裹着一个个梦
像是一场为爱倾巢而出的人间芳菲
九天之上，一片蔚蓝的河水正收割着
稻香，月色，虫鸣和锋芒

一个人的滩涂

这是一个人的秋天
这是一个人的滩涂
渐渐飘零的风，一点一点地让背影
优雅地转身，作最后的鸣叫

一只只丹顶鹤，在慢慢地走失
像是遥远的羽翼，落在心上
只有月光在叹息。只有叩动时光的心弦
和白鹭，从滩涂上飞起，或幸福

蓝天在倾听，大地在倾听
辽阔的滩涂，已习惯了海水的伴奏
它，沿着潮汐的起伏
最先从镶嵌着金色笑靥的一朵葵花开始

哦，多么好！仿佛阳光越来越浓烈
仿佛一丝丝海风吹来，将一种看不见的美
洒向一个人的滩涂。梦幻的灵魂
伴着日月星辰，从此走向苍茫

一个人的时光书

月光之上，你抱着一只飞鸟的翅膀
被风轻轻吹着。湛蓝的云朵飘浮着
向着地平线，眺望第一缕曙光
让一个人的心灵长出涅槃的翅膀

一个人，一步步，在人间一晃而过
如昙花一现。时光不会再回头了
指尖上的流水和鸟鸣，会带走繁华、荣耀
和匆忙，只是每一个夜晚，都不会忘却

因为一次次抵达，大地变得空旷
只有流水，保持着一种浪漫主义的忧伤
一张张白纸，压不住我们内心的焦虑
只有季节的枝条，被时光梳理成夺目的华章

一个人的天空，是多么的寂静啊
唯有时光的背影，雕刻着内心的光芒
一道划破夜空的闪电，让我失魂落魄
因为，我就是人间那无语的风霜

秦淮河之夜

今夜我坐在秦淮河边上
卸去曾经的忧虑徬徨
和古城墙一样的忧伤
让心的翅膀再一次飞翔
多情的秦淮河之夜啊
几回回在梦中你牵我的衣袖

徜徉在秦淮河的夜色中
谁在心中吹皱了层层涟漪
多美的秦淮河之夜啊
你为何还是这样暖暖地绿着
笙歌彻夜的秦淮河啊
你总是隔着一层薄簿的轻纱

有人说　那个薄薄的夜
正是秦淮河上朱自清听歌的夜
眩晕着灯光　纵横着画舫
悠扬着笛韵　缠绵着琴声
任剪刀千把万把无数把
总剪不断缕缕乡愁和歌妓的眼泪

桨声灯影的秦淮河之夜啊
每一格窗棂映着你的倩影
每一缕琴音撩着你的风韵
习习的清风荏苒在我脸上衣上
我的梦醒了我们就要上岸了
我的心里充满了幻灭的情思

此刻，我无法心静如水
希望多少受了点伤却很执着
人的一生就是这样
在对你的无限思念和记忆中
长长的夜就这样过去了
很多年就这样过去了

致故乡

桂花盛开。一轮明月升上天空时
唐诗宋词被我理解成一匹思念的马
就像思念的两只乳房：一只为诗，一只为词
就像是我心中一匹意象的马和一匹灵魂的马

此刻，一串串文字，从月色里温柔地爬出
所有的热爱掀动故乡的屋檐、窗帘和竹影
我一呼吸，就仿佛触摸到她最丰满的乳房
所有的相思伴着蛙鸣声已悄悄地爬上故乡的晨曦

踏遍万水千山。我还是故乡明月的泅渡者
于是，一抹紫影携梦而来漂泊而去
我静坐在菩提树下。思绪从前朝的一个雨夜开始
流淌。就让落叶和乡愁绽开成千娇百媚的诗行

我需要一个梦镀亮今生

风只管前行，不问出处和去向
流水在它的背后，已被时间扰乱成沉默的羔羊
虚无的星星多么像个智者。无边的灿烂着
我提着灯笼，没有放过任何蛛丝马迹
一群小小的甲虫，温柔地摇晃着芬芳的叶子
一片片果园，就在黎明前诞生了

我的记忆，在果园里一定有了错觉
一片片叶子飘进梦中，正开始一点点变幻奇迹
我不清楚酒后究竟做过什么。但我是清醒的
尽管有越来越多的金色在我的眼前跳跃
可是我的身体里已没有了疼痛。雾早就散了
我无比热爱的星星，此刻正被月光照耀

一阵阵风，将我在睡梦中推来推去
我突然发现周围长出了湖泊、森林及辽阔的水面
它们正在安详地涂改诗和远方。是什么点燃了
天边的云朵，身体里的河流和内心的思念
你的远方就在我的心上。我需要一个梦镀亮今生
把远方所有的月光，一遍遍圆满

第五辑　漫延的吟唱

立 春

寒风显露了疲倦。似在左顾右盼
绿意点缀着人间，紧咬着远方赶来
我看见动词追赶着名词，或一首诗
许岁月一段花事。合着平仄
带着春暖花开的情怀和对火焰的渴求
倾诉最美的相遇，青草的美色
去缉拿昨日的凛冽和忧伤

我在等一场春天的细雨
淋湿所有的归途。带着心里的山水
摘下温暖的邂逅，去繁植春天的意象
怀惴春天的的人，比鸟更渴望飞翔
就让所有的歌声和笑容，轻吟浅唱
衔走心中最美的诗行

雨　水

这温柔的热烈，诉说着千年的沧桑
时光匆匆，我该拿什么爱你
密集的雨水，就像一把刀子
刀子，被春风洗净，收割闪电

其实，所有的刀子都一样：每一次挥砍
都带着快感，牵引着无穷的意境
在黑夜中反复叙述人间的纷繁复杂
尘世太静，梦里的影子就像一幕烟

或像一些醒着的事物，在春风的教唆下
一遍遍擦亮天空，擦亮心中的灯盏
"雨水是人间的精灵啊！"草木如是说
天地明亮，日月有光。《九歌》在回荡
它们呼喊着，运送着一片浩瀚的星空
却没有人与我一起共谋黑夜里的太阳

惊　蛰

南归的燕子，趁风雨未至
叩响这个春天的脚步
大地渐暖，白里透红的玉兰花开了
人间的葱绿，已止不住热血
在时间的栅栏上，制造一个个梦和流水

春雷响，万物长
生活五彩斑斓。该是出发的时候了
卯石散落。一朵云，就是一个遁影
匆匆从最冷的季节赶来
似乎在叙述着那些下落不明的词语
我有些惶恐。大地满怀喜悦
我披着夜色，在江南的暖阳里等你

春 分

窗外，桃红李白，油菜花香
吸引我的，不是轻风细雨，绿肥红瘦
是一个叫梅的女子。我必须备下一些鲜活的词语
只为与她在春暖花开的季节
谈一场风花雪月的恋爱

春风啊，你知不知道我已经等了那么久？
桃花年年复制自己
是谁给她运来迷药。春天太短暂了
无法治愈我的心病。菩提林中
唯一枝清瘦。叶子沙沙声响，怀念与倾听
让我们安享这一刻的温暖与浪漫

清　明

把青烟种成白云，在月下舞蹈
把思念种成春天，在笔尖蜿蜒
再把李白和桃红种成你缤纷的笑靥
在歌声与花语带走一切的修辞里
即便没有香草美人，它仍是人间最美季节

清明，是一个远古的日子
内心枯竭，一生只溺爱故乡的时光
走散的亲人失魂落魄，逆着光纤尘不染
唯有墓碑上的青草，偻着模糊的月光
光阴的翅膀掠过大地，七零八落

故人的眸光，从一幅画里走进走出
沉睡的记忆，是否点燃你远去的魂魄
夜幕下，楼台烟雨会不会抽身前来探望
星星在桃花下看蝶飞蜂舞。烟花易冷
雨滴滴答答。细细密密的小黄花已开成针
亲爱的，情不老，只有月光葬在涛声里
年年月月，我们就这样在缅怀中度过

立　夏

不知不觉，小河的水暖起来
和风吹拂着。野鸭子在自己的天空
摇晃着身体，炫耀着无法形容的浪漫
和惊叹。河水像天空不可一世地蓝着
滋养绵延不绝的思念，在天地间一尘不染

天上。人间。野鸭子昂起高贵的头颅
跟着流水，构成一种热浪。一种悲欢
念出波澜壮阔的经声，神一样悠然

蝉，开始苏醒。我在虚虚实实中
看到了大海的倒影，看到了海鸥的飞翔
看到了那一片蔚蓝里漫天的呜咽与叹息
它们，像极了母亲为我绣出的生活
和希望。时而深，时而浅……

谷　雨

——又到了暮春的季节
一场雨，为谷而下。让四月的原野
泛起湿漉漉的情话。布谷，布谷
延续着种瓜得瓜，种豆得豆的美丽和欢乐

谷雨，要去的地方
我是一定要去的。我是一个自命清高的人
我要活成谷雨的样子
让绿意重新搭配。让灵魂狂奔在美好的人间

雨停了，但谷雨未停
谷雨的雨，不是雨。是祖先额头上的汗珠
是大地结出的果实。是母亲流淌的乳汁
是或深或浅的脚印。是人间的爱，或慈悲

小　满

小满，就像一个人的名字
悄悄地来。稻花的香味在烈日下
总是没有想象中那么热烈
落雨的时节，她将会在哪里

被风吹起的诗笺
像蝴蝶飞起。我的灵魂是素净的
听不到人间的孤独，哀乐或忧伤
当你离开时，我才慢慢长成硕大的翅膀

雨水，在另一个世界里
不停地抽泣。我湿润的衣衫，像闲散的云朵
更像时光的马匹，安慰着无声的青枝绿叶
并深情地凝望这熙熙攘攘的人间

芒　种

鸟鸣。麦黄。夏始忙
镰刀，磨亮了日月星辰
在天地间收获美好。播种希望

枣花落。梅子青。月光堆满谷场
田野间。草地里。一片金色的锋芒
在父老乡亲的背影中，越发清晰明亮

撑一支长篙，在星夜寻梦
雨熟，梅黄，李绿。谁予你一世情长
蛙鸣声点亮天空，在欢声笑语中激情飞扬

夏　至

炎热的天气，缠绕密密的思念
在梅雨将至时如愁怨的眼睛
羞涩地打开。从庙堂到佛前
我一直在你的枝头荡漾，并细嗅着你的芬芳

像梦一样。你如期来临
为你而生的紫色花蕾，在飘雨的季节里
唯美而神秘。清新而淡雅
无论在哪里，你的身影早已刻在我的眼眸里

海鸥踏浪。如今，你馥郁的芬芳
已化为烙在我心底的美丽诗行
它燃烧着光华，珍藏在夏天的笔记本上
那一缕缕香魂，已化作床头的白月光

小 暑

这是多么美好的场景——
一朵，二朵，千万朵流云，在天空中
散发着暑气，咀嚼着漫长的梦
唯一只鸟的鸣叫，使天空更加神秘安宁

花开花落。云卷云舒。逝去的日子
写满了风雨。没有重复，悬念和隐喻
我认定：今生的海拔，注定低于尘世
只是奋蹄的欲望，总是淋漓着苦涩

人间的草木，恰恰因此而蓬勃
我分明感到了，人间的欢愉不过如此
被风雨渲染过的天空，在迎接新的轮回吗
我该要如何练习才能与你共享这盛世的美好

村庄。乡邻。炊烟。流水
我写下的每一个字，都烘烤着每一段旅程
但与你有关的每一个音节，都飘忽不定
因为我需要一场认真的雨水来证明人间的爱恋

大 暑

这热的天，一定是醉了
在火焰下反复地冶炼潜伏的兵器
它们的魂灵，在缓缓地下沉

这热的地，一定是轮回的生命
从哪里来，将会到哪里去
万物在它的怀抱里常常兴风作浪

这热的风，一定是个成熟的思想家
有一股沉默的力量
可以千军万马，可以惊心动魄

这热的词，一定是从诗经中出走的
让传说中的江湖英雄
带上汹涌的痛，闪耀着刀锋的光芒

立　秋

秋风来了，时光也暗淡了
大地上的落叶开始多起来，但风景还在
我还在老地方等你哟
但我的影子慢慢被拉长，如一片静谧的落叶

风起时，我们习惯把衣领竖起来
把帽子压低些，再把口罩与明天的计划
一同按下。我只知道秋天的果实已经落下
我只爱这被秋风一遍遍吹过的红树林

从此岸到彼岸，从日落到黄昏
我允许自己被放逐，被流放，被怜爱
乡愁已远。秋风里，那些一一流逝的事物
是否有成群的白鹭从黄河岸边穿越

处 暑

往日的暑气，一去不复返
纷扰的尘世，失重的絮语碾压芳香的枝头
而我，正陷入秋天的某个回忆

只有清凉的月光，似乎能
弹奏出一段弦外之音。没有你的夜
请允许我：为你读诗，并沉醉其中

窗外，灯光依旧璀璨
远处，机声隆隆。而你的表情朦胧
月色撩人，甜蜜在流淌

一片落叶，正缓缓地坠入空中
我的眼泪，在风声雨声中偃旗息鼓
大雁落下，我要独自在暗夜里刻下诗行

白　露

蒹葭苍苍，白露为霜
成为这个季节最动情的章节
白鹭，穿过墙壁，开始最美的相遇
只有秋水，在往事里沉沉浮浮

露水，浑身湿重，想修改你的方向
一路青黄的草，总是健忘
只有蝉的声音，塞满了星光
当秋天举起灯盏，我翻开了思念的账簿

秋波暗送，桂花香甜
昨夜，在天青色的烟雨里
听完一曲离歌。经书已融化为霜
亲爱的，我该拿什么为你发出邀约

秋　分

秋高气爽，蟹肥菊黄
秋天，一字一句皆是意，一步一摇都是景
秋天，天高露浓。月光，洒向大地
每打开一次，心就泛滥一次

月光，那么美。不愿离去的美人
在这一天，都分出了爱恨离别的滋味
枫叶，红透了整个山谷
秋色抱起夜晚，重返热烈的人间

忽略什么，都不能忽略你
秋天正享受寂寞。在这样美妙的夜晚
诗人充盈着想象，以一种神圣的方式
抵达另一个世界

寒　露

一场雨后，梧桐叶落。秋已深
冷暖自知。岁月的刀斧手
站在广场的中央，收拢了风云雷电
夜哭的露水，淋湿了梦的衣裳

河水渐去，寒露的影子
随着秋风悄悄落下。更多的唐诗宋词
掀起水的波澜，在夜色下行走
更冷的秋风，还在途中翻山越岭

落叶堆积，记忆的秋虫
藏着迷人的翅膀。我在草原上
找寻最后一片落叶。我们相拥夜色
用月光置办一场诗意的饕餮

霜　降

秋声籁籁。大地又一次变回了
寒凉的模样。广袤的天空
在落叶的教唆下，纷纷逃离梦境
那些拆解大风骨头的人
只是为了在呼啸的人间
再经历一次炼狱

夜，凉了。阳光，暖了
霜，不止一次来过，是无疑的了
光，在我们的身体里隐藏了很久，很久
我终于明白，那些降临的夜晚
那些无声的落叶与渴望
在一团雾气，或一滴泪中
为什么不是一朵朵白色的玫瑰

尘埃之上，寒风找到了迁徙的路程
冷月无声。桌上的咖啡冒着一团团热气

立 冬

万物缄默。尘埃变白
秋雁声，一声高过一声
秋水之上，我的白鹤闪亮着魂魄
在白茫茫的原野上静谧安详

昨夜，我读到故乡
读到明月西去时，那些安抚过
秋天的色彩、虫鸣或流水
它们像一个词，更像一段虚幻的迷途

立冬了。与你有关的
一切就此画上句号。请别抱怨我
如此绝情，时间是最好的疗药
我会在桃花源深处等你

小 雪

从立冬之日起，就一直期盼
小雪到来的消息。一位衣冠如雪的女子
突然闯入我的视线，其实更适合想象
而那些心灵的落雪，已如浮光掠影

当世界一片静默
生命中，那些渐行渐远的日子
还是让我的孤独和纷扰，层层加码
直至在厚重的栅栏上，氤氲出火花的形状

轻舞的雪花，化成了尘埃的肉体
喂养我潦草的人生。一段被篡改的旅程
在巨石般坚硬的疼痛里撕碎或哭泣
那一刻，我注定和一场大雪不期而遇

大　雪

黑夜的故乡，飘过一片片雪白的雪花
黑夜的雪花，飘过一丝丝雪白的泪花
一片片雪花，飘向黑夜茫茫然不知所措
雪地上，父亲的苦难被雪花一次次点燃

雪，落在雪上，是疼痛的、晕眩的声音
雪，压在雪上，是爆裂的、呼啸的声音
熙熙攘攘的大雪里，我什么也看不清啊
熙熙攘攘的大雪里，我找不到父亲的身影

大雪啊，哪里是你魂牵梦萦的故乡
父亲啊，哪里是你飘着雪花的故乡
此刻，我相信每一个沐浴在大雪中的人
都是虔诚的圣人，向往温暖、爱和光明

啊，雪花，让原本清晰的故乡模糊起来
父亲，又让原本模糊的故乡清晰起来
站在季节的风口，是谁卷走了我的思念
我的父亲啊，一场大雪正在赶来的路上

冬 至

芦苇倒伏，岁月清冷

一场大雪，无声落下

诗人的身影，已无力挽留

他的诗句，让理想如火，让星星缅怀

让绵长的月色，与飘飞的雪花一起

无情地碾压着河流与家的方向

树叶纷落，人间苍老

白驹过隙，万物向阳

雪一直在回家的路上，盘旋，翻飞

雪像以前一样，在倾听，在想念，在吟哦

有谁能告诉我，这尘世的美，如同雪花

唯有那一只蟋蟀，在你的窗外唱着歌

凝成水，是露珠。燃成光，是萤火

变成鸟，是鹧鸪

冬至严凝，孤烟凋零

岁月如刀，相思无序

无雪的天空，落叶饱经风霜

历史的信札，缀满星星闪亮的誓言

星星，一条河流有多少诗歌星星啊

只要心中理想不灭，它就会一直在人间闪耀着

小　寒

风，拽住漫天飞雪
吹老了我的容颜。这个冬天
我像一枚奔跑的雪花，一身风霜
马蹄声裹着风，穿过弯弯曲曲的身体
或低沉，或高昂，或忧伤

当繁华褪尽，那一枚枚
写着祷词的雪花，透着锃亮的光芒
用清洁的念想，温暖你晶莹的眼睛
小火炉，炙热你冬天的梦想
在寂寞的夜晚和你一起幸福生长

雪花，总在夜里睁着大大的眼睛
雪中的老屋，还在记忆里摇摇晃晃
雪花，见证了无数的离别和等待
一枚枚雪花，就像一个个名字
我叫不出它，却知道它一定鲜红明亮

大　寒

冬天，是一座城，也是一座孤岛
一些不知名的鸟儿，从林子里飞进飞出
冷风咆哮着，满天飞舞的雪花
在夜色中，不断制造孤独、浪漫和涟漪

大寒，不寒。我的每一根血管里
是笙歌，也是月影；是峥嵘，也是惊叹
我相信，这里的每一束光
都是一道神的旨意。充满柔和的潮汐声

大地深沉，辽阔。一池的寂寞和清冷
似乎一夜之间，就越过高山，流水和想象
寒流之后，这里将鸟鸣清脆，百花盛开
此刻，我只等春风做一个狩猎幸福的人

致巴勃鲁·聂鲁达

亲爱的巴勃鲁·聂鲁达
今夜，你在哪里，我的心就在哪里吗？
正当我悲伤的时候，却感到你就在远方？
在你熟知的悲伤里，整个爱情突然降临
你的一片太阳就像硬币在我手中默默地燃烧
但没有人看见我们今晚手牵手
而蓝色的夜就降临在眼前

黄昏中，古老的风车在转。火焰将你包围
沉默不语的你，面色苍白、忧心忡忡
你深色的衣裙从你的灵魂长出黑夜的表情
你积压在心中隐藏的事物又一次表露出来
"啊，黑暗与光明交替的女仆，
伟大、丰满、像磁铁一样：
落英缤纷又充满忧伤！"

亲爱的巴勃鲁·聂鲁达
今夜，沙滩上的足迹比你更熟悉我的悲戚
现在，我要他们告诉我关于你的一切
并且要你一直跟着我、爱我，别背弃我
为了沾染着你的爱。我宁愿占有一切

我要你像藤枝一样偎依在我寂寞的怀里
让你在时光中倾听我缓慢安详的声音

你的回忆是光亮，是云烟，是一池静水？
闭上你深邃的眼睛，夜在其中鼓翼
啊，你的身体，像受惊的塑像，一丝不挂！
灰色的贝雷帽，呢喃的鸟语，宁静的心房
在我荒凉的腹地上，你是最后的玫瑰！
你的肌肤，你的毛发，你的焦渴而坚实的乳房
我的女人的身躯啊，我要你永远优美。

亲爱的巴勃鲁·聂鲁达
今夜，还有你钟爱的《一百首爱的十四行诗》
它们秘密地，介于阴影与灵魂之间
因为爱你，如此亲密，我把你当成永不开花
但自身隐含花的光芒的植物
因为爱你，如此亲密，某种记忆的香味
自大地升起，它们暗自蕴藏于我的体内

你说你还有什么方式：说你再不复存在？
你知道吗？你搁在我胸前的手便是我的手
你的肌肤是我用吻建立起来的共和国
因为在我们忧患的长长一生里
爱只不过是高过其他浪花的一道浪花
但，一旦死亡请柬前来敲我们的门
那时就只有你的目光我的爱，把阴影挡住！

致惠特曼

这是你的木匠吗？一边工作着，一边唱着你的歌
不远处，有一只沉默而耐心的蜘蛛
它被包围，被孤立在无限空间的海洋里
不停地沉思、探险、投射、寻求可以连结的地方
哦，船长，还是你的船长！请听听这钟声
起来吧，起来，旌旗，为你招展；号角，为你长鸣

你在路易斯安那，看见了一棵栎树在生长
它独自屹立着，树枝上垂着亢奋的苔藓
一滴眼泪！又一滴眼泪！
从遮盖着的眼眶中飘坠下来，
那是潮湿的泪，泉涌的泪，呜咽的泪，
高涨着，是不是沿着寂寞的海岸飞奔，或疾走？

在你的黑夜里，在写满脚印和苦涩的海滩上
一个小女孩依偎着她的父亲一起呆呆地站立着
望着东方，望着秋天的长空，在默默地啜泣着
从滚滚的人海中，有一滴水温柔地向我低语：
我爱你，我们并非隔得很远啊！
我比谁都懂得这些野性的温柔的疼痛啊！

致歌德

小鸟们还在林间无声。你需要安静
你乃是从天上降临，熄灭一切烦恼伤悲
可是一缕久已生疏的乡思
像伊阿俄琴丝
带着迷离的音调娓娓地低述、倾吐
那消逝了的，重新矗立在我的眼前

那远离你的长夜呵
真是无底的深渊，无尽的苦难！
是的，你甜蜜而又可爱
是我分享欢乐的伙伴
当世界还偎在上帝永恒的怀抱里
你又把静的雾辉，笼遍了林涧
我的心就这样常常被震荡着
在苦与乐间踯躅、停留

那是蔷薇，红蔷薇，荒野的小蔷薇
花朵，眸子，树林和山岗
都让称作西风的你，吹得挂满泪珠
你那潮湿的翅膀啊，令我多么嫉妒！
你不觉得在我的歌里，也是我和你？

任凭你在千种形式里隐身，
可是，最亲爱的，我能立即认识你
哦，爱啊，爱啊，灿烂如金
你仿佛朝云，飘浮山顶！
"好！在我们匆匆离去之前，
请问还有哪些金玉良言？"

你可知道那柠檬花开的地方？
黯绿的密叶中映着橘橙金黄
怡荡的和风起自蔚蓝的天上
还有那幽静和轩昂——
在爱之夜的清凉里，你再也不能蛰伏
哦，那是守望者之歌
也是神秘的和歌！

致尼采

忧郁啊，请你不要责怪我！
现在，我就用我削尖的鹅毛笔
来歌颂你！再把头低垂到膝盖上面
像隐士般坐在树墩上歌颂你

我就这样陷在深深的荒漠之中
惦念着你。愈陷愈深的忧郁啊
像个忏悔者，像一只受到诱惑的蝴蝶
更像一支孤独的花枝，弥漫着寂寞
但那兀鹫和那湍急奔流的冰溪
如同暴风的怒吼，在歇斯底里

我知道，这一切都是为了你的荣耀
赫赫的女神，我对你深弯着身子
头垂到膝上，哼一首恐怖的赞美诗
仅仅是为了荣耀你，我才渴望着
生命、生命、生命，坚定不移！

风吹得异样而纯洁。太阳沉落了
岩石发散着热气。绿光之中
我相信，褐色的深渊一定能托出

幸福的影子，和我的浮生的一日
只是近黄昏了，你的眼睛已经失去
一半的光辉，已经涌出像露珠
一样的眼泪。瞧，白茫茫的海上
已经悄悄地流过你爱情的红光
和那七重美丽的孤独！

忧郁啊，银光闪闪，轻盈像一条鱼
星啊，你的光辉属于世界
现在，当白天厌倦了白天
当一切欲望的河流
淙淙的鸣声带给你新的慰藉
你为什么不安息呢，阴郁的心呵
什么刺激使你不顾双脚流血地奔逃呢……
你还在盼望着什么呢？

致普希金

如同晨雾，如同梦幻
你可有一种愿望还在胸中激荡？
岁月流逝。一阵阵迷离的冲动
就像风暴把往日的幻想吹散
在荒凉的乡间，在囚禁的黑暗中
我的时光因为你，在静静地延伸

"不，我绝不会死去！"
你的心活在神圣的竖琴中
整个伟大的俄罗斯都会听到你的传闻
只要在这个月照的世界上还有一个诗人
我相信，你的名声就会沸沸传扬
再见吧，大海！你壮观的美色
将永远不会被我遗忘
我将久久地，久久地听着
你在黄昏时分的轰响

我和你一样。喜爱的是平和的日子
乡间的幽静对我来说最惬意舒适
你的琴弦在这里才最响亮，激越
你的幻想才飞扬，梦才蓬勃！

是什么鼓动着你那颗高傲的心？
是什么思想在你的脑海里久久地盘旋？
爱神丘比特是一只什么样的鸟？
哦！那颗热情的心已被迷醉！
你高贵的琴弦会在我的心里拨出火焰
年轻的战士听着你的战斗的歌颂
他们的心就会沸腾，抖颤

我看见：一个姑娘默默地坐在窗前
她说，我宁可死去，也不愿梦醒
孤独、凄怆的月亮，你为什么从云端里出现
假如生活欺骗了你，不要忧郁，也不要愤慨！
但我预感到要别离，请你悄悄地说一声：再见
你温情脉脉的双眼，你留下的回忆
在我的心灵里，可以代替力量、骄傲、希望
和青春年代的英雄豪气

快一点吧，亲爱的黛利亚！我的美人！
"欢乐就在那里！"金色的爱情之星
已升起在天穹，月亮悄悄地下沉
我认识你们的篝火。世界上没有幸福
只有自由和宁静。我原以为这颗心早已失去
感受痛苦的敏锐能力。但我曾经深深地爱过你
这儿埋葬着普希金，他的爱神和年轻的缪斯！

致泰戈尔

哦，今天是世界诗人节
我知道，离你最近的地方路途最远
最简单的音调需要最艰苦的练习
当我接到这世界节日的请柬
我的生命有了真正的意义。因为我的眼睛
看见了美丽的景象。我的耳朵也听见了
醉人的音乐。呵，你知道我是多么地爱你
你又为什么让我独在门外为你等候？

此刻，我需要耐心和沉静地等候
像黑夜在星光中忍耐地低首
你的音乐要如何才能在我的繁花中盛开？
莲花开放的那天，我不自觉地心魂飘荡
呵，美丽的你，在窝巢里就是你的爱吗？
它用颜色、声音和香气来围拥你的灵魂
像一群思乡的鹤鸟，日夜飞向他们的山巢
在我向你合十膜拜之中
就让我全部的生命，启程回到它永久的家乡

夏天的飞鸟飞到我的窗前唱歌，又飞去了
鸟儿愿为一朵云，云儿愿为一只鸟

我的眼睛却在不眠地守望着
即使我没有看见你而那凝望仍是甜蜜的！
在灰暗的雨天的早晨我吟哦过许多飘逸的诗篇
虽然河流唱着歌很快地流去冲破所有的堤防
但是山峰却留在那里忆念着满怀依依之情

哦，我渴望在阳光下沉睡的树林里
溪水潺潺悠悠
在那里，一定有人倾听我的柔声细语
我爱你，我的爱人。请饶恕我的爱！
你像一只迷路的鸟，被命运捉住了
思想却从你乌黑的眼眸中飞出
就像鸟儿飞出窝巢。让你的生命像露珠
在叶尖一样，在时间的边缘上轻轻跳舞

我只记得你哆嗦的嘴唇上欲言又止的话语
我只记得在你乌黑的眸子里热情的影子
一闪即逝。犹如暮色里寻觅归巢的翅膀
我忘了你已不再记起我，所以我来了
请你给我一个亲吻！
一个像久闭在花蕾里的芬芳的亲吻！
请你不要用多余的言语把这一片刻窒息
让我们的心儿在寂静的潜流里颤动吧
把我们所有的思绪都卷到无边的喜悦里

致雪莱

阳光紧紧地拥抱大地。月光在吻着海波
你就像遮蔽午夜之月的云彩
它一刻不停地奔跑，闪耀，战栗
向黑暗放出灿烂的光辉！

把昏睡的大地唤醒吧！西风呵，冬天已经到来
春日怎能遥远？你从大地一跃而起
如一团火云，在蓝天不歇地边唱边飞，边飞边唱

当一盏灯破碎了，唯有你的光辉
如同轻雾飘过山峦。或像夜风轻抚寂静的琴弦
弹送出一阵阵柔和的乐声。或像月华洒在午夜的河面
把美与真送给我不安的梦境

还有谁为阿童尼哭泣？哦，来吧，一切他所爱过的
并化为思想的：优美的声音，形状，香味，色彩
都来哀悼阿童尼吧！阿童尼的灵魂，正灿烂地
穿射过天庭的内幕，明如星斗

啊，你是苦难的孩子！对于你，世界地广天宽
去吧，驾起你的马匹去你幽寂的家乡吧

把忧郁和喜悦编织在自己心间。来吧，亲爱的孩子
你将会给你的母亲带来欢乐。我祈祷着
哦，光明的孩子！你的四肢正在燃烧

像是由旋风所唤醒的海涛。像是晨风吹拂下的露珠
像是小鸟听到雷声的警告。像是被震撼而无言的生物
美，和记忆一样，漾在心头。呵，解放了的普罗米修斯
你正在用彩色喂养花朵、彩虹和云雾

音乐，当袅袅的余音消灭之时，你还在记忆之中震荡——
花香，当芬芳的紫罗兰凋谢时，还在心魂之中珍藏
哦，可爱的孩子！我们就要伴着蔚蓝的海水
奔向恬静的、金色的意大利，或是希腊，自由的出生地

致叶赛宁

银铃般的风铃草啊，是你在歌唱，还是我的心在梦萦？
哦，亲爱的，我还记得你那柔发的闪光。命运使我
离开了你，我的心沉重而悲伤。现在我无法听到
那只夜莺的歌声，那迷人的春夜已飞逝而去
我无法叫它再度降临人间

燃烧在心中的苹果，闪出矢车菊的光色
我拉起手风琴，歌唱那双蓝色的眼睛
可爱的家乡啊！江河摇曳着草垛
我真想藏身在绿荫深处藏到你百鸟争鸣的地方

我辞别了我出生的屋子。离开了天蓝的俄罗斯
白桦林像三颗星，温暖着老母亲的愁思
我不叹惋、呼唤和哭泣。一切已消逝
如白苹果树的烟花。金秋的衰色在笼盖着我
我再也不会有芳春的年华，生生不息的天下万物啊
但愿你永远地美好、幸福

再见吧，我的朋友，再见！亲爱的，你永在我心间
已经是夜晚，露珠在我的心尖上闪光
我听到远处传来夜莺的歌唱。白桦树站在那里

就像一根根大蜡烛。田野收割了，树林光秃秃
雾从水面升起，空气湿漉漉。竹篱上挂着水杨梅
啤酒喷发着温馨。馥郁的稠李树，和春天一起开放！

金灿灿的树枝，像鬓发一样生长着
啊，你，罗斯，我温柔的祖国我只对你珍藏着
浓烈的爱。啊，在这被割光的草地的声音中
是你在喊我，在梦的岸边把我一遍遍怀恋
而雪堆在崩裂，嘎嘎作响——像天上挂着冻僵的月亮
.
我又一次见到家乡的围栅、月影和树丛
穿过暴风雪——灯光闪烁在远方！

我再一次沿着初雪漫步。心中的力量勃起
像怒放的铃兰，在我的道路上空聚集又释放，夜晚
把蓝色小蜡烛般的星星尽情地点燃。哦，再见吧
故乡的密林。再见吧，金色的泉水！

啊，溶化了深邃思想的星星。你用什么力量
俘虏了我的心？多美的夜啊！我不能自已，我睡不着
月色那般地迷人。来，吻我吧，吻吧
吻得疼痛，吻得嘴唇出血。蔚蓝的五月，泛红的温馨……
篱笆门旁的小铃不再叮叮。那春天的夜晚已经飞逝
你不能说："等等，再回来。"

致库什涅尔
——生活中的一切都能用诗歌描述

这幸福，来自人间的哪一个方向？
是来自天堂的鸟，还是充满变化的俄语
夜色层层袭来，我点亮露台的灯
但内心和你一样却害怕成为靶心

夜蝴蝶，在黑暗里沉沉地睡去
它觉得夜间的光像窗帘，是庇护
像幽灵徘徊，一连数月等不到书信
这世界该是怎样的痛苦、残忍和冷漠

再见，我的欢乐！树叶在半空腐烂
窗外的土地散发不安。野草也在逃跑
心灵离我而去。当我不再幸福
我要赶在九月到来之前抡起宽大的扫帚

夜在艰难地喘息。该如何对付我的痛苦
看着窗外夜空的云，我一次次砸开那枚
最硬的核桃。然后乘着露台的灯光
和你一起，疯子般地沿着黑暗逃跑

江南的月亮

江南的月亮，常常在童年的夜晚沉醉
它飘逸。灵动。构画着，一朵朵桃花的梦境

江南的月亮，一笔一划，像盛开的莲花
它一路风尘，渲染着，一幅幅江南的水墨画

江南的月亮，高过金碧辉煌的殿宇
它坐拥天下，光耀人间，纵情在平原、山川、河流

江南的月亮，眼神热烈，像燃烧的火焰
它日复一日，年复一年，开出绚烂之花

江南的月亮，用尽一生的力量，吹斜薄薄的时光
每一次无声的呼唤，都会让每个夜晚热泪盈眶

江南的月亮，多情。妖娆。典雅。明媚。芬芳
如淅淅沥沥的春雨，拨动着尘世岁月的浪漫

江南的月亮，一半流浪在异乡，一半奔跑在故乡
它一次次撩拨我的思绪，飞出孵化千年的梦想

我在这里沉默

有时，我会慢慢想起那条街
有时，我会慢慢想起那条街上闪烁的灯火
任心底的波澜，在夜风中不停地穿梭
直到每一个影子慢慢地消失在路的尽头

深夜，我漫无目的地流浪
迷离的月色，承载着往日的虚空
这么多年，我在这里把日子一寸一寸变瘦
我看到了一根又一根颤抖的铁轨向远方延伸

我看到了明灭的灯火里，碾压的尖叫声
更多时候，我看到了丰满、硕大而圆润的灵魂
我在这里沉默，我在这里坚硬
我在这里祈求，我在这里叹息

我已经很久没有梦到故乡和明月了
在一个个回忆压缩为尘埃的日子
我与这里的一切和解。让一个个挣扎的我
从这里运走每一颗星星和离别

这一夜

这一夜。所有的光线的颜色变得潮湿
心成了唯一的容器。我们默默无言

这一夜。所有的咖啡和茶都是忧伤的
它的浪漫却从未打开过

这一夜。所有的寒风和吻都是忧伤的
它的身体却从未停止过摇晃

这一夜。所有的光阴和白发都是忧伤的
它的抚摸却处处透着凉意

这一夜。所有的钟声和月光都是忧伤的
它的眼睛却从恐慌中一次次逃离

这一夜。万事万物都是忧伤的
孤单如穗。 星空里没有一声蛙鸣

这一夜。灰烬清空了。我呼喊着
这一夜。我是我自己的黑夜

夏天，与你在一首诗里相遇相恋

请允许我，在夏天，在一首诗里
轻轻呼映你的名字，用柔软的心扉
用温暖的唇齿。和热烈的目光
与你在一首诗里相遇相恋

你说，我们的相遇是注定的
我说，我们的相恋是必需的
你说，你的一个眼神就颠覆了我的一切
我说，你就是我一首诗中最温柔最甜美的样子

就像夏天，爱上春天爱上翩翩起舞的蝴蝶
就像人间，爱上秋天爱上神话中的牛郎织女
就像你的高贵和美，静静地耸立在字里行间
就像我的爱和思念，默默地锦绣在你的江山里

请允许我，在夏天，在一首诗里呼吸爱情
然后请让我轻轻呼唤你的名字，用颤动的心扉
用贪婪的唇齿。用火焰的目光点燃你的词语
与你在一首诗里相遇相恋吧

你说，我们去海边眺望，看飞翔的云朵和海鸥

我说，我们去山中探险，捡遍地的野果和奇葩
你说，我们去天涯作画，用青春的颜色作画
我说，我们去海角写诗，在粉红的花瓣上写诗

就像春天，爱上了夏天和热烈的百合
就像你我，在瞬间成为恋爱的星星和诗行
就像这夏天，我们在这里放飞爱情的诗句
就像这火焰，我们在这里收获幸福的时光！

十月的倾诉

1

十月的狂想，即将神圣到来

那些盛开在思念丛林中的词语

总是活灵活现，长着一对恩泽的翅膀

不停地躁动。每一个标点符号

也不甘示弱，一样含情脉脉

十月里，我仿佛看到你挺拔的身影

一次次在我眼前清晰明亮

你的身影，如同中国音乐梦的化身

总是暖融融地照在那些热血青年的心上

2

十月的诗行　明媚　闪烁

从一种感觉到另一种感觉

从一种期盼到另一种期盼

从一个长夜到另一个长夜

那些隐藏感恩的词语，多么细腻、闪亮

那些隐藏思念的词语，多么动人、欢乐

在我的眼中，它们都是每一个渔民和进步学生

最干净的食物、最香甜的美味

和最深沉的吟唱

3

十月的细节，在思念的词语里
盛开了思念的花儿
它散发的馨香，总不停地在风中唤醒我
在梦中坚强我、甜蜜我。夜深了
灯光里隐藏了多少激动的词汇啊
它们一次次轮回在我的脑海里刻骨铭心
它们一次次地倾注了关爱的力量
信念的力量，和团结的力量
它是和谐中国、和谐社会里最温馨的力量
它一直铿锵在苏北盐城这块红色的土地上

4

十月的气息，和煦的微风
是甜的、醉的、美的
它一次又一次吹拂了多少湿漉漉的思念
现在我只知道
它的枕边是柔软的、温馨的、坚强的
那是你的气息、爱的气息和共产党员的气息
现在我只知道
它的四周是温润的、高贵的、从容的
落笔与留白，都是感恩的每一个章节

5

十月的音乐，是难忘的。美好的
此刻，我看到一些词语从祖国的露水中
起身并且伫立。欢乐的步履
一直和着共产党人的誓言在低吟浅唱
它们驱赶我在老城墙上的青苔和记忆里
静静聆听那流逝的英雄岁月
和流逝的黄河水的足音。此刻我仿佛看到
那些救国的日子会一直美好着
诉说着生命的意义、崇高的事业和风尚
它一定会成为无限的荣光和不朽的诗行

6

十月的记忆，那些曾经的喜怒哀愁
及无与伦比的思念和灵感
一度成为我记忆的火花
成为我最初的等待成为闪闪发光的词语
成为时光深处摇摆的轻音乐
那好吧，现在请允许我停下来、慢下来
听一朵感恩的花——思念的花
对我说它的忧伤、快乐和成长
然后在风雨中一路摔打着前进！前进！

7

十月的词语，属于胜利者
凝眸那些被泪水打湿的
名词　动词　形容词或是副词
都分外光艳、分外妖娆、分外澄明
我不知道，如果把它变成一株株植物
会感恩谁？我总觉得这些茂盛的词语
一如我卑微的行动、美好的期许
在言语里给了我一些形式上的安慰
我的灵魂也因此一次次被洗涤
一次次被绚烂、一次次被闪亮

8

十月的美好，如同盛开的花朵
如同盛开的思念，一次次被寂静
一次次被融化，一次次被执着，被绚烂
被记忆或忘却。盛开的词语中蕴藏着
多么光艳、浓烈和拔节的气势
我想，无论岁月多么欢乐或痛楚
都浸入芬芳一般的光亮
仿佛生活中处处堆满了清香
却一直在思念的细节里不停地流淌

十月的合唱，豪迈。激昂。动听
饱含思念的词语多么欢乐
如今，在又一个国庆节到来之际
我要以最标准的敬礼向你致以最崇高的
问候。然后以一名检察人的荣光
虔诚地耸立在你一字一句的队列里
就这样，我不知不觉被牵引进
你高吭、巍峨和雄壮的国歌声中
又一次热泪盈眶！

第六辑　灵魂的声音

墓志铭

请把我的名字写在明月之上
请把我的名字写在星辉之上
请把我的名字写在河流之上
请把我的名字写在山川之上
请把我的名字写在晨曦之上
请把我的名字写在朝霞之上
请把我的名字写在狂风之上
请把我的名字写在暴雨之上
请把我的名字写在大海之上
请把我的名字写在光芒之上
请把我的名字写在青春之上
请把我的名字写在爱情之上
请把我的名字写在生命之上
请把我的名字写在美好之上
请把我的名字写在闪电之上
请把我的名字写在火焰之上
请把我的名字写在温柔之上
请把我的名字写在未来之上
请把我的名字写在远方之上
请把我的名字写在记忆之上

坚 守

与所有的梦想者一起
趁着夜色穿行。风雨无阻
那些飞扬的尘土，失眠的河流
还有枕边的泪水和点燃的思绪
似乎早已忘却了静止的存在

趁着夜色，趁着马车
像风一样，在内心深处行走
在浩瀚的星空下。凝固的时间
聚集的悬念和生活的细节
在我的面前，一一呈现
更深处。是寂静的花朵
绚烂着，我曾经的誓言

花开花落。我依旧从容坚守
生命的翅膀从远方飞来
终将向远方飞去。今夜
我站立着，以一个思想者的姿势
进入灵魂的圣殿
触摸另一种高高的渴望

月色在时间里飞

这个夜晚，我仿佛是一棵稗草
它滋长在我的身体里，又好像不在
渴望和思念，一次次硌痛我的灵魂
我不知道除了写诗，还能做些什么

疼痛的灵魂，浸泡在生锈的时间里
就像一只忧伤的蝴蝶。盛开落日的光辉
它控制了尘世。而你控制了我
亲爱的，我在逆行的单行道上栉风沐雨

斑驳的岁月又涂染一层沧桑
我的影子是倒立的。暴风雪到来之前
我一定在为你燃烧、奔走，或呐喊
因为你，更多的月色在时间里飞

穿着羽毛的灵魂

风中的身影，突然湮没
一匹马在虚无中奔腾而来
不知是谁的声音在急切地呼唤
我贫血的灵魂在落地时溅出泪花

你的脚步在凸凹的道路上追逐
那些飘舞的羽毛总是无法收藏
漂泊的影子，像是最完美的事物
在我的视线里日夜凄美地升腾

穿透幻觉的美丽。如同带雨的梨花
让我的灵魂有了一种被刺痛的感觉
一遍一遍地低唤着。你在哪里
我渴望的心，一寸一寸被切割着
被破碎的玻璃伤痛着。遥远的鸟鸣
点燃黑夜和道路。反复穿透我的灵魂
一匹来自废墟的奔马咆哮着
你就是我最终的幸福方向

今夜，醒着的灵魂独自美丽着
犹如行星的光焰。至高。至美

让我终于有了一丝晕眩的感觉

那片思想的羽毛。沉醉在风中

一路呐喊着。这声音云朵一样飘落

告诉我一次恋爱就是一次新的快乐!

一粒盐的神情

古往今来最朴素的情感
总是趟水越河，缓缓而出
它曲径通幽，在不经意间闪烁
时时牵动着一粒盐的灵魂

一粒盐　就像一粒闪电
是献给这个世界的独白或宣言
父亲说，盐是大海的图腾
也是他一生难舍难分的情结

一粒盐　多少海水浓缩
调和人生百味　春花秋月
始终和我们不离不弃
成为每日不可或缺的营养元素

一粒盐　一种生命的核
总是带给这个世界无声无息的爱
它的洁白在我的血液里日夜流淌
永远雄壮我思想的精髓

馈　赠

梨花白。桃花红
樱花落满眼睛。飞鸟抬高天空
我爱上这风情万种的尘世

雪花，开满河山。点燃
一道靓丽的风景。梦中的花草
成参天大树，大地上的每一个精灵
都可化作一片云，一缕风，一朵花

日子，在阳光下沸腾
你听，那流水的声音和复活的
笑声。让幸福和期盼蜿蜒而上

大地悄悄开始积雪。语言生成诗行
就像某种馈赠，在白云下含笑
风一直吹着。我的世界
从不同角度储存——温馨的记忆

想象中的你

在这里，我把你想象成往昔中
一段最奢侈、最怀旧的时光
而生命里那一抹永恒的亮色
与青春的记忆，便是你从远方搬运来的
鸟鸣、雨水与花朵

从一群叽叽喳喳的麻雀中
你打开了枝头的缝隙。时光深陷其中
一半是火焰，一半是泪水
有多少闪电霹雳，就有多少光芒
重返人间

"心动了，帆才动"。尽管我的心
已落满尘土，我还是要带你
去梦里的南山。当我再一次捧出
生命里的晶莹与骨血
花仙子们已在四月的雨声里一一凋零

灵魂独白

还记得吗？那年在风雨中
我说我多么希望就这样
一辈子就靠在你柔软的肩膀上
让风声和雨声穿过我们的心脏

但是，有风降临的日子里
雨，原形毕露而且丧心病狂
我的夜，没有温柔只有无边的黑暗
风一吹，所有的落叶比风声更大

月色中，遍体鳞伤的我泪水涟涟
一阵风吹来，我只能将剥落的果子
作为我最好的献礼和最后的安慰
只有那树影、麦香、河水和梦呓
一路搀扶着我走过失魂落魄的记忆

许多年后，在我深埋的体内
还有谁以这样的方式端坐彼岸
倾听你的快乐、你的悲伤
终于，我记不清在风里还是在雨里
成了一枚相思的活化石。任斗转星移

唯美的灯盏

多少年前，我就这么想象过
那想法如今愈来愈浓烈
一盏灯　能陪伴我走多久走多远
才算完美无缺呢

灯盏里，跳动着光和幔
跳动着岁月的身影
和我的身影
也跳动着忧虑　惶惑和不安

如同我内心的光和焰
一盏灯比和煦的春风更贴心
比三月里桃花的梦境更灼热
比我的心脏更靠近你的血液

飞吧，震颤的灵魂
无论是沧桑也好，风雨也罢
一盏灯，在书写着青春的经典
也在书写着精神的魂魄

因为年代久远，一盏灯

就是一段辉煌的风雨同舟的记忆
就是一段流泪的英雄乐章
情深的人常常止住脚步倾听

我走不出这一盏灯的牵挂啊
困为这盏灯在我的身体里
是火焰　是意志　是不朽
承担了我梦想的职责、使命和光荣

抒情的河流

这是一条我生命中的河流
故乡的炊烟，从那个冬天出发
一路向南。酝酿着春天的蓓蕾

时光深处。一个声音对我说
到你的家园里去歇息吧
那里贮存着我无比热爱的火焰

河面上，所有的歌声为之战栗
在记忆的往事与透明的河流之间
有我对那些美好时光的丝丝渴念

一切赞美都显得如此多余
月光轻轻抚摸着河流的脸颊
爱意的眼神里，充满温馨的期待

这是一条让我幸福的河流
在故乡褪去灰暗之前
我听见悠扬的笛声从桥上走过

不管是终点，还是原点

记忆的河流在经年累月中
总是缓缓地行走，缓慢地抒情

月色里，我与河流注定相遇相恋
那些秘密和美是我深远的呼吸
一年年踩着细碎的步履

这是一条我心中的河流
绽放的生命喧响着淋漓的诗意
那是河流向春天的一次次抒情

入梦，入戏

也许你蓦然回首
发觉人生的舞台很宽也很窄
也许你找寻一支生命河流的琴瑟和弦者
有时候需要一生的热情与练习
才能真爱，才能入戏

远方的灯盏，像水墨蜻蜓在跳舞
陶醉在音乐的旋律里
你幻化成故乡那一轮弯弯的月亮
浮浮沉沉里是否有你梦一样的人生
可我感觉到你沸腾的爱已经炉火纯青

花花舞台多么耀眼缤纷
谁是主角都会一样让岁月无痕
只有一步一步颠倒众生
仿佛旋转的灯光里又一次演绎梦想
而缓缓滴落的，是精彩的泪珠

青春的歌谣还在唱，芭蕾还在寂寞地开
在一个无与伦比的经典戏剧里
你是否和我一样嗅到了最初的气息

如果你是梦，是那快乐的一道闪电
我就是你一幅画中永远盛开的青莲

也许是你热情的气息包围了我
也许是你步步沦陷动了真心真意
也许是你分辨不清在前世还是今生
我总觉得今夜的你是舞台的最美
掌声中，梦中的河面也发出了神奇的涟漪

关于茶

红茶，绿茶，黑茶，白茶

青茶，黄茶，花茶，药茶

不一样的茶，会有不一样的风情

在清晨或午后，它听风沐雨。坐看云起

很多年了，我一直保留这样一个习惯

你不在我身边时——

就沏上一壶茶，慢慢地饮。让灵魂回家

让心灵和肉体不再麻木

每一种茶都有一个自己钟爱的名字

每一种茶都会制造一个不同的心境

每一种茶都会压低身子在水中复活

每一种茶都会滋生思想。蔓延诗意

平淡的日子里，它总是无声无息

像缓慢的时光，更像一段芬芳的回忆

虽没有珠光宝气，却活色生香。黑夜降临时

它会在心中腾起一团光芒的火焰

其实，每一种茶都是一种缄默

在反复叙述一种简单的幸福和快乐

只有与水融为一体时才会轰轰烈烈

让每一个生命在岁月里延年益寿

对一杯茶的眷恋

今夜，揉碎所有的霓虹

只为等你解开每一个湿润的章节

紫藤花，已经盛开

我倾尽所有的温柔为你泡一杯茶

再也找不到那个夜晚和那杯茶了

它轻轻地颤抖。轻轻地沉浮

仿佛要抵达我内心的荒芜

在时光的栅栏上，刻下眷恋的诗句

光阴如梦。饮下这杯倾心的茶

却再也寻不见对面的那个她

就吞下月色吧，出我身体里的眷恋

月光在体内发烧。或融化

为你，我愿意带着镣铐去寻找

为你，我愿意饮下一杯杯红尘与烈焰

为你，我愿意把自己嵌入另一个深海

为你，我愿意在寂静中耗尽一生的时光

还是那么美，那么灿烂——

今夜，那片海如一个未知的谜

可是我再也找不到那一个倾心的夜晚了

喝完这杯之后。你离我更远了

关于状语从句的多重解读

时间状语从句

让副词在音乐的天空里慢慢地隐身

地点状语从句

让副词在月光的波涛中找到回家的路

原因状语从句

让副词在穿越迷雾后看不清自己

条件状语从句

让副词在黑白交替中完成辛苦的铺垫

目的状语从句

让副词在落日时接近了大海的灵魂

让步状语从句,

让副词在生命中有了哲学意义

比较状语从句

让副词在万物中接受和谐共生的原理

方式状语从句

让副词在忧伤里继续爱、继续深情

结果状语从句

让副词在断、舍、离中从此心无挂碍

汤旺河之恋

汤旺河边，总生长许许多多的记忆
我的记忆里
没有虚构的红松、奇石、溪水、河流
没有虚构的牧场、风情、生命、情节
只有层层叠叠的诗意在流动

汤旺河边，更多的是寂静、澄明
我看见：在那高高的兴安岭上
"秋天的果子在依次落下！"
而抑、扬、顿、挫的声音
仍在伊春的夜色中徘徊

昨夜，我在汤旺河边溜达了一夜
没有找到老房子的身影
也没有找到见君站在树荫下
谈论春天　谈论阳光　谈论蝴蝶的表情
也没有找到邰筐笔下那"一只自闭的鼬鼠"
和"一根根精神的管道"

白桦林深处，到处是凝视的眼睛
挂在京城信府里的那串红辣椒已悄然失色

但信老头那犀利的目光在不停地思考、闪烁
听说清明第一天到伊春就艳遇了熊瞎子
巴图苏和已走进岩画，眼前跃出一群梅花鹿
小航说：我的耳朵里长出一朵朵黄花　红花　白花
刘军宁说：我还是想和你在一起！

听说崔友手腕上的松木手串带有明显疤痕
安安静静把黑夜变成白夜。开始失眠
郑鹤凌我不认识，但我知道她有心事
老苗大哥在电梯里没完没了地和谁在客气
小叶妹妹终于向北方投诚　向爱投诚
诗里诗外 M 和 Y 在一唱一和，倾诉衷肠

我一夜无眠。只能看见那旋转的秋风
在酝酿你的诗行里，四处飘移不定
那株高大挺拔的桂花树上，月亮似乎更圆了
汤旺河的传说，在一本书里穿越、美丽
今夜你来或不来，我都会在这里等你！

每一片雪花都是一朵思念的火焰

一片片雪花抖落在斑驳的树丛
把野草点燃。像一朵朵思念的火焰
洁白、缠绵并掩埋这个冬夜
每触碰一次，我的神经就会咯噔一下

我一遍一遍地，凝视那些飘飞的花朵
那些又白又嫩又艳的人间精灵
它是否压紧母亲的心。成为乡愁的药引
让一朵朵思念的雪花在不断加厚、加深

更多时候，我在想象这一片片雪花
是否可以用一匹匹白马或一朵朵浪花作隐喻
因为它们与思念相连，能占据一条河的内心
并藏匿尘世的风霜。有时变成一把闪亮的尖刀

其实，每一片雪花，都是一种致幻剂
我只知道：我的亲人和我一样眼含热泪
成为这个季节的美好，来不及爱就已经毁灭

被一团火焰围困

一团团火焰在燃烧。飞奔的脚步
和呐喊的嘶哑，只为了在伊春相遇
我像蝴蝶一般。用动词的方式接近你
这么多年，我能想到的词就是：沦陷
而我越过千山万水，不只为了看你一眼
在伊春，我举着虔诚，遇见最美的自己
遇见风情万千的你和一场豪华的文学盛宴
在汤旺河边，在红松林间，在灵魂深处
在美丽的伊春，我们的相遇短暂而温馨
心中的桃花园，在一首诗里持续发酵
在伊春与你相遇，我是幸福的
在祖国北疆，最原始生态的苍茫、辽阔
和静寂，是我最钟情的诗行
一行说，我已收获伊春之行全部的热情
一行说，我的行囊里装满了九千句祝福
伊春的秋天，因为有你
我不觉得孤单和寒冷。我们在这里
相遇，因为有你，我就是你温暖的火苗
盛开的热血。因为同一个情绪，心在战栗
此刻，我一直被一团火焰围困得高烧不止

飞翔的词语

刚刚还在流血的词语，它们都到哪儿去了
刚刚还在闪烁的光芒，它们都到哪儿去了

我知道，所有的黎明溶化成你新鲜的血液
在疯长的绿色里吞噬岁月渐渐枯燥的花朵

我知道，所有的夜晚流逝成你眼中闪烁的词语
在永不疲倦的马蹄声中已成为飞翔的韵律

我知道，一朵花夹着风声已经悄悄地离去
我的舌头只能留住一丝丝幸福，融化为寂静

我知道，你是小小的罂粟花，我不能碰你
你却把自己丢进火中烤焦，成为风中的誓言

我知道，你是我血管里一点一滴飞翔的血液
在柳絮飘飞的季节，我一直喜欢你飞翔的姿势

我眼中，花是飞翔的，树是飞翔的，水是飞翔的
心是飞翔的，连我血液里所有的词语也是飞翔的

一个人行走的冬季

这个冬天

雨在阳光里默默地穿行，或飞翔

我知道：行走这里的每一天

你，都是我最温暖、最灿烂的灯火

当我想起你的日子

洁白的雪花，就忽然飘飞在我的眼前

我突然明白，我写下的每一个词语都是思念

它，一定流淌着我新鲜的血液和泪滴

一个人行走的冬季

因为有你，忘记了沟沟坎坎

忘记了所有疼痛。我冥想在雪花飘舞的诗行中

遐思沸沸扬扬　深邃而饱满

一个人行走的冬季

因为有你，我闲坐在诗意的窗前或灯光下

思绪和金黄的树叶一起在阳光下旋转、纷飞

它，融入行云流水　柔情而生动

一个人行走的冬季

因为有你，它以最经典的方式呈现我的快乐

它闪亮，如鲜花盛开。晶莹远方的你

我在思念的季节里倾听，并深情回眸

雪花的灵魂，是一幅优美的画

在我的眼中，它就是一幅多情的风景画
凝固着岁月的斑斓和荣耀
它就像语言的橄榄，从我的窗口从容经过
每一次读它，心总轻颤：羞涩而闪亮

都说落雪的眼眸，是千年的忧伤
那是谁的眼泪，凝结着漫天洁白的思绪和柔软？
我一次次凝望着窗前那株落满雪花的白杨
想象你正从遥远的海外归来的样子

其实，雪花的灵魂，是一幅优美的画
听泉水叮咚，看涟漪轻漾，雪花正悄悄落下
著上白色的诗行。变成莲藕，开成朵朵荷花
它的美，一定会惊动远方……

记忆中的芦苇花

记忆中的芦苇花，有白的、黄的，或红的
这些特征总在秋天表现得最为淋漓尽致
它让我窥得见大海的汹涌与宁静
也让我在蜿蜒的河道边，或水色烟光里
听得见芦苇花缥缈的舞蹈声
或逶迤的波涛声

这就是我心中想象的久违情感
也是我心中无法替代的飘荡的芦苇花情结
总之，记忆中的芦苇花是一种永远的痛
一直让热爱故土的人，触景生情
更不想让一错再错的蝉鸣，成为忧愁
成为花开、花落的轮回里
蓬勃的心碎声、寂寥声

曾经的时光，变成空白或虚无
一个人的圣土，从芦苇花盛开的瞬间穿越
千言万语的表达，变得如此苍白与无奈
我一直怀疑自己还能不能写下
那些爱你的诗行。或能否在芦苇花盛开的场景里
念着你的乳名，邂逅一场灵魂的爱情

记忆中的芦苇花，石头似的沉默
在悸动的青春里与我不期而遇并信誓旦旦
在梅雨的季节里写下激情的宣言
于是，我们不再肆意地砍下芦苇生火取暖
我们将在记忆的芦苇里，与芦苇一起生长
提一盏灯。在这个湿漉漉的故乡一遍遍地抒情

尘世之歌

1

北风，呼啸着穿过城市的栅栏
黄昏，在水中摇晃。这些面无表情的情节
你可知道，有着怎样深刻的内心？

2

人们和往常一样匆忙，被一缕神情劫持着
我无权过问。尘世容纳了形形式式的幸与不幸
也无法分辨那些物质的源头。黑暗如流水般涌来

3

昨夜，我读到帕斯①的"里尔克的玫瑰"
它悄悄地告诉我，我们堆砌并准备这么多修辞
也找不到一朵玫瑰与它相匹配的诗篇

4

风，依旧拖着疲惫的身子，在它的墙角处打着旋
东面有风吹着大雪，西边有雨淋着忧伤
你不管来自哪里，也仅仅是飘浮空中的一粒尘埃

5

思绪在自由翱翔。我携着一篮刚刚摘下的星辰
一路跌跌撞撞。我必须懂得：时光只够爱一个人
帕斯的《弓与琴》已在我的泪水里久久荡漾

6

榆树上的梨还在吗？是鹰还是太阳？
它们在灰烬中蠢蠢欲动。谁还在石与花之间俳徊
此刻的我正躲在阴冷的房屋里细数流年的寂寞

7

就像一只低低鸣叫的鸟儿在黑暗中找不到出口
于是脆弱地悬在空中。并急切地自言自语
但那只裸露又紧缩的心脏，再次透出温顺的倔强

8

昨夜，那些陡峭的风帆在哪里？在一片雪花里？
还是在我潮湿的眼眸里？它们就像碎银子一样
在茫茫海上越漂越远。思念仍在白雪下顽强地生长

9

梦中一遍又一遍梳理不安。我坐在时光的缝隙里
只能慢慢地饮下一小杯酒。在泪花里吹毛求疵
也许这样的形式，可以给一个疯子一丝丝安慰

10

应该说，这是一个场景的呈现。幸与不幸相依
而月光依旧绵延着纯净，有一种清新的柔软
就像吟诗赏月的宠儿，一贯纵情在锦绣河山的岁月

11

比如：每一粒尘土都存在一个伤口。你虽看不见
它却在缓缓移动着。并深深地嵌刻在一块石头的缝隙
有时白得很纯洁无邪。有时又灰得很索然无味

12

又比如：你有时为一阵风让路，或者与一个陌生人
握手。也可能陪孤单的蔷薇说说话。但决不再
让自己惹火烧身，让哭泣的大海流下同情的泪珠

13

再比如：你能安慰沉默的羔羊吗？你能听清尘世里
露珠般清新的心跳吗？但不管如何我还是愿把闪电
按在苍穹或云端，时时刻刻都要有一颗会飞的心

14

又一场大雪将要来临。我要趁早动身迎接朝霞
并从石碑中掘出火焰。我要赶在黎明前快马飞跃
让火红色的诗歌，缝补或延续我苟延残喘的生命

15

我不能沉默下去！谁是我的牵挂？谁是我的星辰？
当我久久渴望的心陪伴皎洁的月光流向远方——
一半的路程被灯火辉煌。一半的星辰被冰雪冻伤

16

我向自己致敬！向不期而遇的幸福和诗歌致敬
当十万朵玫瑰在诗歌的尘土上绽放出花容月貌
我是多么幸福。那些乌云一样的忧伤算得了什么？

17

此刻，我只想你能记住：我们有过最美的时辰
我们有过最美的青春。我们有过最美的灵魂和飞翔
那就继续赶路。点燃篝火和这生命里持久的激情

18

红尘不寂寞。哦，这身体里的血液多像月光美人
虽然我只是个从春天路过的人。但内心敞亮目光清澈
我多么希望：诗歌在我的生命里能演绎春天的梦想

（①帕斯，墨西哥诗人、散文家。1990 年获诺贝尔文学奖。）